www.ingramcontent.com/pod-product-compliance
Lightning Source LLC
LaVergne TN
LVHW010836051026
849532LV00007B/2721
* 9 7 8 9 3 6 9 0 8 0 1 8 2 *

کہانیوں کا بستہ

(بچوں کی کہانیاں)

مرتبہ:

سید حیدرآبادی

Kahaniyon Ka Basta (Short Stories)
by: Syed Hyderabadi
Edition: December '2025
Publisher :
Taemeer Publications LLC (Michigan, USA / Hyderabad, India)

ISBN 978-93-6908-018-2

کتاب	:	**کہانیوں کا بستہ**
مرتب	:	**سید حیدرآبادی**
بہ تعاون	:	روشنائی ڈاٹ کام ویب سائٹ
صنف	:	ادب اطفال
ناشر	:	تعمیر پبلی کیشنز (حیدرآباد، انڈیا)
سالِ اشاعت	:	۲۰۲۵ء
صفحات	:	۹۸
سرورق ڈیزائن	:	تعمیر ویب ڈیزائن

فہرست

دیباچہ

لوک کہانیاں اور بین الاقوامی فکشن، خصوصاً ایڈونچر اور سنسنی خیز داستانیں، بچوں کے لیے محض تفریح کا ذریعہ ہی نہیں بلکہ ان کی شخصیت سازی، فکری نشوونما اور عالمگیر شعور کی بنیاد ہیں۔ جب بچے دنیا کے مختلف کونوں سے آنے والی کہانیوں میں غوطہ زن ہوتے ہیں، تو ان کے تخیل کو پرواز ملتی ہے اور وہ خود کو ان رنگین دنیاؤں کا حصہ محسوس کرتے ہیں۔ یہ کہانیاں انہیں متنوع ثقافتوں، روایات اور طرز زندگی سے آشنا کرتی ہیں، جس سے ان میں وسیع النظری، ہمدردی اور تحمل کے جذبات پروان چڑھتے ہیں۔ انہیں یہ سمجھنے میں مدد ملتی ہے کہ دنیا ایک بڑی، خوبصورت اور متنوع جگہ ہے جہاں مختلف زبانیں بولنے والے، مختلف رسم ورواج رکھنے والے لوگ رہتے ہیں، مگر ان سب کے بنیادی جذبات، خواب، اور چیلنجز ایک جیسے ہیں۔ ایڈونچر اور تھرلر کہانیاں بچوں میں تجسس کو ابھارتی ہیں، انہیں مسائل حل کرنے کے ہنر سکھاتی ہیں، اور یہ دکھاتی ہیں کہ زندگی کے بڑے سے بڑے چیلنجز کا سامنا کس طرح بہادری، ذہانت اور حکمت عملی سے کیا جاتا ہے۔ یہ انہیں نئے الفاظ، فقرے اور بیانیے کی تکنیک سے روشناس کراتی ہیں، جس سے ان کی لسانی صلاحیتیں بہتر ہوتی ہیں اور مطالعے کی عادت پختہ ہوتی ہے۔ ان کہانیوں

کے ذریعے بچے نیکی اور بدی، انصاف اور ناانصافی، سچائی اور جھوٹ جیسے تصورات کو سمجھتے ہیں، اور مثبت اخلاقی اقدار کو اپنے اندر جذب کرتے ہیں۔ یہ کہانیاں ان کے ذہنوں میں ہمیشہ زندہ رہتی ہیں، اور انہیں ایک باشعور، حساس اور ذمہ دار شہری بننے کی ترغیب دیتی ہیں۔ یہ صرف کہانیاں نہیں بلکہ زندگی کے تجربات ہیں جو انہیں بغیر کسی ذاتی خطرے کے سکھائے جاتے ہیں۔

پیش نظر کتاب "کہانیوں کا بَستہ" میں ہم نے عالمی ادب کے چھ ایسے نگینوں کا انتخاب کیا ہے جو بچوں کے لیے سنسنی، ایڈونچر اور اخلاقی اسباق سے بھرپور ہیں۔ یہ تمام کہانیاں انگریزی ادب سے اردو میں ترجمہ کی گئی ہیں تاکہ ہمارے بچے بھی عالمی کہانیوں کے اس خزانے سے مستفید ہو سکیں۔

کرنل جیفری کی کہانی 'آدم خور چیتا' مدھیہ پردیش کے خطرناک جنگلوں میں ایک خوفناک آدم خور چیتے کے تعاقب اور اسے مارنے کی سنسنی خیز داستان ہے، جو انسان کی ہمت اور فطرت کے خوفناک ترین پہلوؤں کو اجاگر کرتی ہے۔ کرنل جان پیٹرسن کی 'ساؤ کے آدم خور' افریقہ میں ریلوے لائن کی تعمیر کے دوران مزدوروں پر حملہ کرنے والے آدم خور شیروں کے خلاف ایک مہلک جدوجہد اور ان سے نجات حاصل کرنے کی حیرت انگیز حکمت عملی بیان کرتی ہے۔ مارک ٹوئن کی مشہور کہانی 'دس لاکھ کا نوٹ' ایک غریب اور اجنبی نوجوان کی ذہانت اور ایمانداری کا امتحان ہے، جسے ایک بے قیمت نوٹ کے ذریعے سماجی تجربے کا حصہ بنایا جاتا ہے۔ ایلن میکڈونلڈ کی 'جادو والا شربت' ایک ایسے کمزور بچے کی کہانی ہے جو ایک 'جادوئی

شربت' کی بدولت اپنی شخصیت میں خود اعتمادی پیدا کرتا ہے اور اپنے اندر چھپی ہمت کو پہچانتا ہے۔ 'برف کے قیدی' فرانس شیل کی ایک دل دہلا دینے والی داستان ہے جو الپس کے پہاڑوں میں برفانی شگاف میں پھنسے ایک جوڑے کی بقا، امید اور باہمی تعاون کی عکاسی کرتی ہے۔ اور آخر میں، آرتھر کونن ڈائل کے شہرہ آفاق سراغ رساں شرلاک ہومز کا ایک اور شاندار کارنامہ، 'نیلا ہیرا'، ایک چوری شدہ ہیرے، ایک ہنس اور ایک بظاہر ناممکن معمہ کی پیچیدہ گتھی سلجھانے کی عمدہ مثال ہے جو بچوں کو تجزیاتی سوچ کی اہمیت سے آشنا کرتی ہے۔

ہمیں امید ہے کہ یہ "کہانیوں کا بَستہ" بچوں کو نہ صرف کہانیوں کی سحر انگیز دنیا میں کھو جانے کا موقع فراہم کرے گا بلکہ انہیں دنیا کے رنگا رنگ پہلوؤں کو سمجھنے، اپنی صلاحیتوں پر بھروسہ کرنے اور زندگی کے ہر چیلنج کا سامنا بہادری سے کرنے کی ترغیب بھی دے گا۔

ا

آدم خور چیتا

تحریر: کرنل جیفری

ترجمہ: ش کاظمی

میں بر آمدے میں کرسی پر بیٹھا ہوا نارنگیوں سے لدے ہوئے درختوں کو دیکھنے میں محو تھا۔ فروری کا مہینہ تھا لیکن مدھیہ پردیش (انڈیا) میں موسم یکایک تبدیل ہو رہا تھا۔ گرمی کی آمد آمد تھی۔ کمرے میں سخت حبس تھا۔ یہاں عموماً حبس بارش کی آمد کا پیش خیمہ ہوتا ہے اور واقعی تھوڑی دیر بعد ہی آسمان پر سیاہ گھٹا چھا گئی اور بادل گرجنے لگے۔ یکایک میرا مقامی ملازم گوٹو گھبرایا ہوا آیا اور آتے ہی کہنے لگا: "صاحب میرا لڑکا جنگل میں گیا تھا۔ ابھی تک واپس نہیں آیا۔ میرا دل گھبرا رہا ہے کہیں اسے۔۔۔۔۔۔" اس نے فقرہ نامکمل چھوڑ دیا اور سسکیاں بھرنے لگا۔ میں نے جب اس سے پوچھا کہ لڑکا جنگل میں کب گیا تھا۔ تو اس نے بتایا: "وہ معمول کے مطابق پانچ بجے مویشیوں کے ساتھ واپس آگیا تھا۔ میں نے اس سے کہا کہ میرے ساتھ آکر لکڑیاں کاٹو مگر اس نے ایک نہ سنی اور یہ کہہ کر جنگل میں بھاگ گیا کہ میں جنگلی پھل جمع کرنے جا رہا ہوں اور ابھی لوٹ آؤں گا۔" میں حیران تھا کہ آخر اس

میں ڈرنے یا گھبرانے کی کیا بات ہے۔ لڑکا ہوشیار ہے اور جنگل کے چپے چپے سے واقف ہے۔ وہ وہاں اکیلا روزانہ گھنٹوں گھومتا رہتا ہے۔ میں نے گوٹو سے کہا جاؤ اطمینان سے کام کرو۔ لڑکے کو کوئی خطرہ نہیں، وہ ذرا دور نکل گیا ہوگا۔

"مگر صاحب آپ سن نہیں رہے کہ جنگل کے تمام جانور خوفزدہ آوازوں میں چلا رہے ہیں۔ پہلے بندر چیخ رہے تھے۔ پھر ایک چیتا اور ابھی میں نے سانبھر کی آواز سنی۔ ضرور کوئی بات ہے۔"

میں نے گوٹو سے کہا کہ وہ چار آدمیوں کے ساتھ جنگل میں جائے اور اپنے لڑکے کو تلاش کرے۔ جب دوسرے روز دوپہر تک اس لڑکے کا کوئی سراغ نہ ملا تو میں نے اپنی بندوق سنبھالی اور گاؤں کے سات آٹھ جوانوں کو ساتھ لے کر جنگل میں جانے کا پروگرام بنایا۔

ہم سب آدمی جنگل کی طرف چل دیئے اور اتفاق کی بات کہ تھوڑی دیر کی تگ و دو کے بعد ہمیں گمشدہ لڑکے کا سراغ مل گیا۔ اس کا کرتا ایک درخت کے نیچے پڑا ہوا پایا گیا جس پر جمے ہوئے خون کے بڑے بڑے دھبے تھے اور ایک نظر دیکھتے ہی اندازہ ہوگیا کہ لڑکے کے جسم سے کسی جانور نے یہ کرتا نوچ کر اتارا ہے۔ اب یہ امید بہت ہی کم تھی کہ لڑکا ہمیں زندہ سلامت ملے گا۔ میں بڑے عرصے سے اس جنگل کے قریب رہتا تھا اور کبھی یہ ڈر محسوس نہ کیا تھا۔ لیکن آج مجھے کسی خونخوار درندے کے تصور سے خوف آرہا تھا اور جب میں نے اپنے ساتھ آنے والے دیہاتیوں کے سامنے یہ خدشہ ظاہر کیا کہ یہ ضرور کسی شیر یا چیتے کی حرکت ہے۔ تو ان سب کے چہرے اتر گئے اور وہ خوفزدہ نظروں سے ایک دوسرے کو دیکھنے لگے۔

لڑکے کے خون آلود کرتے کا معائنہ کرنے کے بعد میں نے ارد گرد کی زمین کو بغور دیکھا تو وہاں بھی ایسا معلوم ہوتا تھا کہ لڑکے کو درندے نے دور تک گھسیٹا تھا کیونکہ کہیں کہیں اس کے پیروں کے گھسٹنے سے زمین پر لمبی لمبی سی لکیریں کھنچ گئی تھیں۔ تھوڑی تھوڑی دور خون کے چھوٹے بڑے خشک دھبوں کے نشانات یہ ظاہر کر رہے تھے کہ درندہ اپنے شکار کو کس طرف لے گیا ہے۔ ایسی نازک صورتحال میں بہت سے لوگوں کا آگے بڑھنا مناسب نہیں ہوتا ورنہ درندہ چوکنا ہو جاتا ہے۔ بندوق میرے پاس تھی اس لیے میں نے سب کو رخصت کیا اور خود ان نشانات کے پیچھے پیچھے خاموشی سے آگے بڑھنے لگا۔ گزشتہ روز کی شدید بارش کے باوجود خون کے یہ نشانات موجود تھے۔ اس سے پتہ چلتا تھا کہ لڑکا صبح تک زندہ سلامت تھا اور بارش رکنے کے بعد کسی وقت درندے نے اس پر حملہ کیا ہے۔

ابھی میں کوئی ستر اسی گز ہی دور گیا تھا کہ یکایک ایک جھاڑی کے نزدیک مجھے آہٹ سی سنائی دی۔ میں فوراً ٹھہر گیا اور اس طرف غور سے دیکھنے لگا۔ میں نے اس کی ہلکی سی جھلک دیکھی اور فوراً سمجھ گیا کہ وہ شیر نہیں چیتا ہے۔ یہ چیتا مجھے دیکھتے ہی غائب ہو گیا۔ میں کچھ دیر تک اس کے دوبارہ آنے کا انتظار کرتا رہا لیکن کوئی آہٹ تک نہ ہوئی اور میں آہستہ آہستہ جھاڑی کی طرف بڑھنے لگا۔ بد نصیب لڑکے کی آدھ کھائی ہوئی لاش جھاڑیوں میں پڑی تھی۔ ظالم چیتے نے اس کی ایک پوری ٹانگ اور کمر کا کچھ حصہ کھا لیا تھا۔

اب میں ان کوارٹروں کی طرف پلٹا جو جنگل میں کام کرنے والے سرکاری ملازمین کے لیے حکومت نے عارضی طور پر بنوائے تھے۔ گوٹو یہیں اپنے بال بچوں

سمیت رہتا تھا۔ میں اس شش و پنج میں تھا کہ بدنصیب لڑکے کی موت کی خبر کس طرح گوٹو کو سناؤں گا اور اس پر کیا گزرے گی۔

میں نے گوٹو کو تمام تفصیلات سے باخبر کرنے کے لیے اس کی طرف ایک آدمی بھیج دیا اور خود اس چیتے سے دو دو ہاتھ کرنے کی تدبیریں سوچنے لگا۔ دوپہر کے ساڑھے بارہ بجے تھے اور ابھی دن کا بڑا حصہ باقی تھا۔ میں نے فیصلہ کیا کہ آج ہی یہ کام ہو جانا چاہیے۔ میں نے اپنے ساتھ چار آدمی لیے اور جنگل میں دوبارہ اس مقام پر پہنچا جہاں لڑکے کی لاش پڑی تھی۔ بد قسمتی سے یہ جگہ ایسی تھی کہ یہاں کوئی اونچا درخت نہ تھا بلکہ تین سو مربع گز کے علاقے میں صرف خاردار جھاڑیاں تھیں۔ ظاہر ہے کہ ان جھاڑیوں پر مچان باندھنے کا سوال ہی پیدا نہیں ہوتا تھا۔ بس یہی ایک طریقہ تھا کہ میں یہیں کہیں جھاڑیوں میں چھپ جاؤں اور جب چیتا بھوک سے مجبور ہو کر لاش کا بقیہ حصہ کھانے آئے، اسے گولی کا نشانہ بنا دوں۔ اس پروگرام کے مطابق لڑکے کی لاش سے کوئی چالیس گز کے فاصلے پر میں نے اپنے بیٹھنے کے لیے جگہ چن لی اور آدمیوں کی مدد سے ان جھاڑیوں کو کانٹ چھانٹ کر اتنی گنجائش نکال لی کہ میں اطمینان سے وہاں چھپ سکوں۔

اس کارروائی کے بعد میں نے آدمیوں کو رخصت کیا اور خود اپنی کمین گاہ میں انسان کے سب سے خطرناک دشمن کا انتظار کرنے لگا۔ دو باتیں یقینی تھیں۔ اوّل چیتے نے اگر ہمیں جھاڑیوں کو کاٹتے چھانٹتے دیکھ لیا ہے تو وہ کبھی ادھر کا رخ نہیں کرے گا۔ دوسرے اگر اس نے ہمیں نہیں دیکھا تو پھر وہ ضرور آئے گا۔ جو شکاری چیتے کی فطرت کا گہرا مشاہدہ کر چکے ہیں وہ اچھی طرح جانتے ہیں کہ آدم خور شیر کے

برعکس آدم خور چیتا زیادہ خطرناک ہوتا ہے۔ وہ انسان سے ڈرنے کے باوجود اس پر حملہ کرتا ہے اور وہ بھی اس وقت جب بھوک اس کی برداشت سے باہر ہو جائے۔ رات کے وقت جب وہ باہر نکلتا ہے تو اس کی پھرتی غضب کی ہوتی ہے۔ وہ اپنے شکار کو بند دروازوں میں سے بھی نکال کر لے جاتا ہے۔

تھوڑی دیر بعد میں نے دیکھا کہ جنگل میں کچھ فاصلے پر جہاں درختوں کی کٹائی گزشتہ کئی ہفتوں سے ہو رہی تھی، مزدور حسب معمول اپنے کام پر آگئے ہیں اور درختوں پر آرے اور کلہاڑیاں چلنے کی آوازیں آرہی ہیں۔ میں نے سوچا یہ آوازیں چیتے کے لیے اب تک مانوس ہو چکی ہوں گی اور وہ ان پر کوئی توجہ نہیں دے گا۔ کوئی ایک گھنٹے تک میں وہیں بیٹھا ہوا لاش کو تکتا رہا اور کان لگائے پوری توجہ کے ساتھ چیتے کی آہٹ سننے کی کوشش کرتا رہا مگر وہ نہ آیا۔

مجھے یقین تھا کہ جونہی سورج غروب ہو گا چیتا بھوک سے بیتاب ہو کر فوراً باہر نکلے گا۔ اس وقت بہت سے پرندے شور مچا رہے تھے۔ دفعتہ بائیں طرف کوئی چالیس پچاس گز کے فاصلے پر جنگلی طوطے ٹیں ٹیں کرتے ہوئے اپنے گھونسلوں سے نکلے اور فضا میں چکر کاٹنے لگے۔ طوطوں کی اس بے چینی کا ضرور کوئی مطلب تھا۔ چیتا ضرور آس پاس ہی پھر رہا تھا۔ شاید وہ گرد و پیش کا جائزہ لے رہا تھا کہ کوئی "دشمن" تو اس کی تاک میں نہیں ہے اور حقیقت یہ ہے کہ جنگل میں دوسرا کوئی جانور چیتے کی طرح حساس، خبردار اور چوکنا نہیں ہوتا۔ وہ پھونک پھونک کر قدم رکھتا ہے۔ کیا مجال جو ذرا سی آہٹ بھی پیدا ہو جائے۔

میں اب خشک پتوں پر کسی کے چلنے کی آواز سن رہا تھا۔ چیتا قریب آگیا تھا۔ میں

ادھر بغور دیکھنے کے باوجود اس کی جھلک نہ دیکھ پایا۔ بڑی مصیبت یہ ہے کہ اس علاقے کے شیروں اور چیتوں کی کھال کا رنگ ایسا ہوتا ہے کہ اگر وہ جھاڑیوں میں چھپ جائیں تو پتہ نہیں چل سکتا کہ یہاں کوئی درندہ چھپا بیٹھا ہے۔ خدا معلوم وہاں کتنا وقت گزرا، مگر مجھے تو یہی محسوس ہوا جیسے کئی دن بیت گئے ہیں۔ میرا جسم ایک ہی جگہ بے حس و حرکت بیٹھے رہنے سے سن ہو چکا تھا۔

آخر کار میں نے اسے دیکھ ہی لیا۔ خدا کی پناہ، کتنا قد آور اور قوی جانور تھا۔ اس کی آنکھوں میں غیر معمولی چمک تھی۔ وہ لڑکے کی لاش کے قریب کھڑا تھا اور اس کی دم آہستہ آہستہ ہل رہی تھی۔ یہ اس بات کی علامت تھی کہ وہ اب بھی اپنے دائیں بائیں خطرہ محسوس کر رہا ہے پھر اس نے گردن گھما کر پیچھے دیکھا اور لاش کی طرف ایک قدم آگے بڑھا۔ اسے منہ میں پکڑا اور جھاڑی میں لے گیا۔

دو منٹ بعد وہ پھر جھاڑی سے باہر نکلا اور چاروں طرف خوب غور سے دیکھا۔ اب اس کا سر میرے سامنے تھا۔ میں نے فوراً بندوق سیدھی کی اور نشانہ لے کر فائر کرنے ہی والا تھا کہ ایک انگڑائی لے کر چیتا مڑا اور پھر جھاڑی میں گھس گیا۔

سورج اگرچہ غروب ہو چکا تھا لیکن پھر بھی جنگل میں اتنی روشنی تھی کہ کافی فاصلے تک کا منظر بخوبی دیکھا جا سکتا تھا۔ شاید چیتے کی اضطراب کی وجہ بھی یہی تھی کہ جنگل میں اسے کچھ روشنی نظر آ رہی تھی ورنہ گہرے اندھیرے میں تو وہ خطرے کا ڈٹ کر مقابلہ کرتا ہے۔

جنگل میں ایک ہیبت ناک سناٹا چھایا ہوا تھا اور لمحہ لمحہ اندھیرا بڑھتا جا رہا تھا۔ دفعتہ قریب سے کوئی الو بھیانک آواز میں چیخنے لگا اور جھاڑیوں سے چیتا بپھر کر باہر

نکلا اور میری طرف آیا۔ مجھ سے کوئی دس گز کے فاصلے پر آکر رکا اور غور سے دیکھنے لگا۔ میں سمجھا کہ اس نے ضرور مجھے دیکھ لیا ہے۔ پھر اس نے گردن گھما کر اس کی طرف دیکھا جہاں لڑکے کی لاش پڑی تھی۔ میں نے بندوق کی نالی پر فٹ کی ہوئی ٹارچ کا بٹن دبایا۔ روشنی کی تیز لکیر چیتے کے جسم پر پڑی اور اس سے پیشتر کہ وہ جست لگا کر کسی طرف کو غائب ہو جائے۔ میں نے لبلبی پر انگلی رکھ دی۔ فائر کے زبردست دھماکے سے سارا جنگل کانپ اٹھا۔ میں صرف اس قدر دیکھ سکا کہ چیتے کے منہ سے غراہٹ کی زوردار آواز بلند ہوئی، وہ فضا میں کئی فٹ اونچا اچھلا اور اگلے ہی لمحے میں نے خشک پتوں پر اس کے دوڑنے کی آواز سنی۔ پھر دور تک اس کے غرانے کی مسلسل آوازیں آتی رہیں۔ میں نے قیاس کیا کہ چیتا بائیں جانب بھاگا ہے کیونکہ اس کے دوڑنے اور غرانے کی آوازیں اسی سمت سے آرہی تھیں۔ دو منٹ بعد پھر وہی پراسرار خاموشی طاری ہو گئی۔ میں سوچ رہا تھا کہ اگر گولی چیتے کے لگی ہے تو وہ زیادہ دور نہیں جا سکے گا اور اگر گولی نہیں لگی اور وہ صحیح سلامت ہے تو دوبارہ شاید ادھر کا رخ نہ کرے۔

میں اسی فکر میں تھا کہ دائیں جانب سے کوئی پچیس تیس گز کے فاصلے پر کسی جانور کے ہانپ ہانپ کر دوڑنے کی آواز آئی۔ میں نے یہ آواز فوراً پہچان لی۔ وہ چیتا ہی تھا مگر۔۔۔۔۔۔ وہ چیتا جس پر میں نے فائر کیا تھا، جنگل میں بائیں جانب بھاگا تھا۔ اور اب اس کی آواز دائیں جانب سے آرہی تھی، اس کا مطلب یہ ہے کہ اسے گولی نہیں لگی میری پیشانی پسینے سے تر ہو گئی اور دل دھڑکنے لگا۔

ٹارچ کی روشنی میں میں نے اس مقام کا معائنہ کیا جہاں مجھ سے دس گز کے

فاصلے پر چیتا آن کر رکا تھا۔ وہاں اس کے پنجوں کے گہرے نشانات موجود تھے اور صاف پتہ چلتا تھا کہ اضطراب کے عالم میں وہ اپنے پنجوں سے زمین کرید تا رہا تھا اور پھر بائیں جانب اس کے پنجوں کے نشانات دور تک چلے گئے تھے۔

میں نے ٹارچ کی روشنی میں ارد گرد کی زمین کا جائزہ لیا تو حیران کن انکشاف ہوا۔ یہاں میں نے چیتے کے پنجوں کے جو نشانات دیکھے ان سے بالکل مختلف تھے جو میں اس سے پہلے دیکھ چکا تھا۔ فوراً ہی مجھے احساس ہوا کہ چیتا ایک نہیں بلکہ دو ہیں۔ اپنے تجسس کی تسکین کے لیے میں ایک بار پھر اس مقام تک گیا جہاں میں نے پہلے چیتے کے نشانات دیکھے تھے۔ ٹارچ کی تیز روشنی میں جب جھک کر میں نے ان نشانات کو دیکھا اور پھر ان کے ساتھ ساتھ ذرا آگے بڑھا تو ایک جگہ تازہ خون کا بڑا سا دھبہ دکھائی دیا۔ اس کے بعد آگے بھی خون کے چھوٹے بڑے دھبے دکھائی دیئے۔ اس کا مطلب تھا کہ اسے گولی ضرور لگی ہے۔ یہ دریافت میرے لیے خوش کن تھی۔ میں نے فوراً اپنے بنگلے کا راستہ لیا اور سوچا کہ علی الصبح اس چیتے کو تلاش کرنا کچھ مشکل نہ ہو گا کیونکہ وہ زخمی ہو چکا ہے اور زیادہ دور نہیں جا سکا ہو گا۔

جب صبح میرے ملازم نے مجھے جگایا تو پانچ مزدور بنگلے کی طرف آتے دکھائی دیئے۔ ان کے چہرے خوف سے زرد اور وہ بری طرح ہانپ رہے تھے۔ انہوں نے بتایا کہ ایک مزدور آج جب کام پر نہ آیا تو ٹھیکیدار کو قدرے تشویش ہوئی۔ ایک شخص اس مزدور کے گھر گیا۔ جب وہ جھونپڑے میں داخل ہوا تو اس کو مرا ہوا پایا۔ چیتے نے اسے ہلاک کرنے کے بعد جنگل میں گھسیٹ کر لے جانے کی کوشش کی مگر مزدور کی لاش بہت وزنی تھی۔ چیتا بمشکل اسے دروازے تک گھسیٹ سکا اور کسی

نا معلوم سبب کے باعث وہیں چھوڑ کر بھاگ گیا۔

وہاں پہنچ کر میں نے چیتے کے پنجوں کے نشانات دیکھے، بلاشبہ وہی موذی چیتا تھا۔ ایسا معلوم ہوتا تھا کہ "قتل" کی یہ واردات بالکل صبح کے وقت ہوئی ہے۔ چیتا اتنا قوی تھا کہ اس نے بانس کے موٹے سرکنڈوں کی دیوار تک گرادی تھی اور پھر مجھے وہ چیتا یاد آیا جس پر میں نے رات کو گولی چلائی تھی۔ مزدوروں کو تو میں نے دلاسا دے کر کام پر بھیجا اور اپنے ساتھ تین آدمی لے کر جنگل میں اس مقام پر روانہ ہوا جہاں لڑکے کی لاش پڑی تھی۔

ابھی ہم راستے ہی میں تھے کہ بارش شروع ہوگئی۔ یہ جنگل ست پورہ کے ضلع میں واقع ہے جہاں قریب ہی سے دریائے نربدا گزرتا ہے۔ ان دنوں دریا خوب چڑھاؤ پر تھا اور خبریں آرہی تھیں کہ اس میں زبردست سیلاب آنے والا ہے۔ غالباً یہی وجہ تھی کہ وہ دونوں چیتے کسی نہ کسی طرح نربدا کے بڑے عقبی جنگل سے بھاگ کر ست پورہ کے اس چھوٹے سے جنگل میں آگئے تھے۔ جب ہم جنگل میں ذرا دور تک گئے تو سب سے پہلے ہماری مڈبھیڑ ایک ہرن سے ہوئی جو ایک فرلانگ کے فاصلے پر درخت کے نیچے کھڑا گردن موڑ موڑ کر کسی چیز کو دیکھ رہا تھا۔ خاصا موٹا تازہ ہرن تھا۔ میں نے ساتھیوں کو دبک جانے کا اشارہ کیا اور کندھے سے بندوق اتار کر نہایت احتیاط سے نشانہ لیا اور فائر کر دیا۔ گولی کھاتے ہی ہرن وہیں گرا اور تڑپنے لگا۔ میں اس کی طرف بھاگا لیکن وہ پلک جھپکتے میں اٹھا اور جھاڑیوں میں غائب ہوگیا۔

اس وقت ایسا جوش و خروش مجھ پر طاری تھا کہ میں آدم خور چیتے کو یکسر

فراموش کر چکا تھا۔ ہرن کی ٹانگ سے رستا ہوا خون اس کا سراغ لگانے کے لیے کافی تھا۔ کوئی ایک فرلانگ تک میں اسے تلاش کرتا ہوا نکل گیا۔ اس جگہ جنگل کچھ زیادہ ہی گھنا ہو گیا تھا۔ اور دن کی روشنی کے باوجود ہلکا ہلکا اندھیرا سا چھایا ہوا تھا۔ ایک مقام پر مجھے کچھ شبہ سا ہوا کہ کوئی جانور ایک درخت کے پیچھے چھپا ہوا تھا اور مجھے دیکھتے ہی اچھل کر وہ جھاڑی میں چھپ گیا۔ میں نے سمجھا وہی زخمی ہرن ہو گا۔ پس بے دھڑک آگے بڑھا اور جھاڑیوں کے قریب جا کر بغور دیکھنے لگا۔ اب صورت حال یہ تھی کہ میرے چاروں طرف دور دور تک گھنی جھاڑیاں پھیلی ہوئی تھیں اور میں جھک جھک کر ہر جھاڑی میں دیکھ رہا تھا۔ خدا معلوم وہ ہرن تھا کہ چھلاوہ۔ ایسا غائب ہوا کہ پتہ ہی نہ چلا۔ میں مایوس ہو کر واپس آنے ہی لگا تھا کہ یکایک ایک جھاڑی میں سرسراہٹ سی پیدا ہوئی۔ میں نے چونک کر دیکھا تو ایک بڑا سیاہ ناگ تیزی سے باہر نکل رہا تھا۔ سانپ نے اگرچہ مجھے نہیں دیکھا تھا۔ مگر میں دہشت زدہ ہو کر چند قدم پیچھے ہٹ گیا۔ میری پشت ایک جھاڑی سے ٹکرائی اور یہی وہ لمحہ تھا جب ایک بھیانک غراہٹ کے ساتھ وہ موذی چیتا جو جانے کب سے جھاڑی میں آرام کر رہا تھا، میری طرف تیر کی طرح آیا۔ بندوق چلانے کا موقع ہی نہ تھا۔ وہی بندوق جو میرے ہاتھ میں تھی۔ میں نے گھما کر پوری قوت سے اس کے سر پر دے ماری۔ چیتا اپنے ہی زور میں کئی گز دور جا گرا لیکن پھر بھی اس کا ایک پنجہ میری گردن پر گہرا زخم لگا چکا تھا۔ غراتا ہوا وہ پھر اٹھا اور دوبارہ جست لگانے کا ارادہ کیا۔ اتنی دیر میں میں اپنی بندوق سیدھی کر چکا تھا۔ میں نے لبلبی دبا دی اور یکے بعد دیگرے دو فائر کیے اور وہ وہیں ڈھیر ہو گیا۔

فائروں کی آواز سن کر وہ مزدور، جو میرے ساتھ آئے تھے، دوڑتے ہوئے ادھر آئے اور جب انہوں نے چیتے کو مرا ہوا پایا تو خوشی سے اچھلنے لگے۔ تھوڑی دیر بعد میرے اوسان بحال ہوئے تو میں نے چیتے کا معائنہ کیا۔ اس چیتے کا قد اس سے چھوٹا تھا جو میں نے دیکھا تھا۔ شاید اسی پر گزشتہ رات میں نے گولی چلائی تھی اور جو زخمی ہونے کے بعد فرار ہو گیا تھا۔ اس خیال سے کہ ایک چیتا تو اپنے انجام کو پہنچا۔ قدرے خوشی ہوئی مگر ابھی ایک اور چیتے کا معاملہ ختم کرنا باقی تھا جو اس سے بھی بڑا تھا۔ چیتے کے پنجے سے جو مجھے زخم لگا۔ ابتدا میں تو اس زخم کا پتہ ہی نہ چلا لیکن جب خون زخم سے رس کر قمیض کو تر کرنے لگا تو محسوس ہوا کہ معاملہ نازک ہے۔ خون روکنے کی کوشش کی گئی مگر نہ رکا۔ تھوڑی دیر بعد میں کمزوری سی محسوس کرنے لگا اور پھر بے ہوش ہو گیا۔ آنکھ کھلی تو میں نے اپنے آپ کو ایک بستر پر پایا۔ میں ناگپور کے ایک ہسپتال میں پڑا تھا۔

صبح کے وقت کچھ غنودگی سی طاری ہوئی کہ میرا ملازم ایک وحشت ناک خبر لے کر آیا۔ خبر یہ تھی کہ رات چیتے نے پھر ایک مزدور کو ہلاک کر دیا۔ اور یہ کہ سارے مزدوروں نے کام کرنے سے انکار کر دیا ہے اور اپنے اپنے جھونپڑوں میں جا کر بیٹھ گئے ہیں۔ پچاس مربع میل کے اس وسیع و عریض علاقے میں جہاں آس پاس بہت سے گاؤں تھے۔ اس ایک چیتے نے اتنی زبردست دہشت پھیلا رکھی تھی کہ لوگ جہاں جاتے ٹولیوں کی حفاظت میں جاتے اور سرِ شام ہی سے اپنے گھروں کے دروازے مضبوطی سے بند کر لیتے۔ بعد میں میں نے سنا کہ لوگوں کے واویلے پر حکومت نے ایک پیشہ ور شکاری اس چیتے کو مارنے پر مقرر کیا۔ مگر دوسرے ہی دن

اس کی لاش ایک گڑھے میں پائی گئی۔ چیتے نے اس بدنصیب کے چیتھڑے تک اڑا دیئے تھے۔

پہلے تو میں نے خیال کیا کہ شاید یہ سب لوگوں کی مبالغہ آرائی ہے مگر جب ہسپتال سے رخصت ہو کر میں اسی علاقے میں پہنچا تو چیتے کی حکمرانی کا قائل ہونا پڑا۔ ہر طرف ایک سناٹا اور ویرانی تھی۔ بہت سے مزدور تو وہاں سے کام کاج چھوڑ کر بھاگ گئے تھے۔

سرشام ہی بستی کا ہر شخص اپنے گھر میں گھس گیا۔ کھڑکیاں اور دروازے نہایت احتیاط سے بند کیے گئے۔ میرے پاس تھری ناٹ تھری کی رائفل تھی کیونکہ معمولی بندوق سے کام چلتا دکھائی نہ دیتا تھا۔ سورج غروب ہوتے ہوتے پوری بستی پر ایک ہو کا عالم طاری ہو گیا۔ رائفل کی نال پر ایک لمبی طاقتور ٹارچ میں نے پہلے ہی فٹ کر لی تھی تاکہ ضرورت پڑنے پر کام آئے۔ اس کے بعد میں نے بستی کی تنگ گلیوں میں گشت شروع کر دی۔ بستی کیا تھی جنگل کے سرے پر سو ڈیڑھ سو کچے مکانوں کا ایک محلہ سا تھا۔ کہیں کہیں بانس کے جھونپڑے بھی بنے ہوئے تھے۔

میں نے جھونپڑوں میں جھانک کر دیکھا، سب کے سب خالی پڑے تھے۔ غالباً ان کے مکین چیتے کے ڈر سے کہیں اور بھاگ گئے ہوں گے۔

دفعتہ میری نگاہ ایک جھونپڑے کی شمالی دیوار کے ساتھ زمین پر پڑی تو وہاں چیتے کے پنجوں کے نشان دکھائی دیئے۔ بارش کے باعث یہاں ہر طرف گہری کیچڑ اور دلدل پھیلی ہوئی تھی۔ جس میں چیتے کے پنجوں کے یہ نشانات نہایت واضح اور گہرے تھے اور ان سے ظاہر ہوتا تھا کہ وہ ابھی تھوڑی دیر پہلے اس جگہ سے گزرا ہے

اور اب بھی آس پاس کہیں چھپا ہوا میری حرکات دیکھ رہا ہو گا۔

یہ خیال مجھے بدحواس کر دینے کے لیے کافی تھا۔ چیتے کی مکاری سے کچھ بعید نہ تھا کہ وہ اچانک مجھ پر حملہ کر دیتا۔ میں فوراً وہاں سے پلٹا اور گاؤں کے اندرونی حصے کی طرف آگیا۔ مجھے یقین تھا کہ چیتا ضرور میرا تعاقب کرے گا اور وہ صرف گہرا اندھیرا ہونے کا انتظار کر رہا ہے۔ میں اب ایسی جگہ تلاش کرنا چاہتا تھا جو ہر طرف سے محفوظ ہو اور جہاں چیتا آسانی سے نہ آسکے اور میں اس کی نقل و حرکت سے خبردار رہ سکوں۔ بانس کے جھونپڑوں پر تو اعتماد نہیں کیا جاسکتا تھا کیونکہ میں دیکھ چکا تھا کہ طاقتور چیتے نے کس طرح درمیان میں سے دیوار توڑ کر مزدور کو ہلاک کر دیا تھا۔ مجھے تو ایسی جگہ درکار تھی جو جنگل کے قریب ہو اور چیتا ادھر سے لازمی طور پر گزرے۔ آخر ایک کچا مکان ایسا مل ہی گیا جس کی سپاٹ چھت زمین سے کوئی بارہ فٹ اونچی تھی اور یہاں سے ٹارچ کی روشنی میں جنگل کا سارا منظر نظر آسکتا تھا۔

اب اتنا اندھیرا ہو چکا تھا کہ آس پاس کی چیزیں صاف دکھائی نہ دیتی تھیں۔ میں نے ایک مرتبہ ٹارچ روشن کر کے گرد و پیش کا اچھی طرح جائزہ لے لیا کہ چیتا کسی طرف سے دبے پاؤں تو نہیں آسکتا اور جب اطمینان ہو گیا تو میں نے وہیں چھت پر ڈیرے ڈال دیئے۔ پہلے ہی میں کیل کانٹے سے لیس ہو کر آیا تھا۔ تھرماس بوتل میں گرم گرم قہوہ نیند کو دور رکھنے والی گولیاں اور میری وفادار رائفل یہ سب چیزیں میرے پاس تھیں۔

جنگل میں ہر طرف سناٹا تھا۔ کسی چرند پرند کی آواز سننے میں نہ آتی تھی۔ کافی دیر گزر گئی لیکن چیتے کا دور دور تک پتہ نہ تھا۔ میں نے سوچا ایسا نہ ہو کہ میں یہاں

بیٹھا رہوں اور چیتا کسی اور طرف نکل جائے۔ اس کی توجہ ادھر ہی مبذول رہنی چاہیے۔ میں چھت سے اترا، رائفل سنبھالی اور ٹارچ روشن کرکے ایک مرتبہ پھر بستی کی سنسان گلیوں میں چوکیدار کی طرح گشت کرنے لگا۔ ٹہلتے ٹہلتے میں اب پھر جنگل کے قریب آگیا اور اس جھونپڑے کے پاس پہنچ گیا۔ جہاں سرشام چیتے کے پنجوں کے نشانات دیکھے تھے۔ ٹارچ کی روشنی میں مجھے دور جنگل میں جنگلی گیدڑ دوڑتے ہوئے دکھائی دیے جو ایک لمحے میں نظر سے اوجھل ہو گئے اور پھر ہو ہو کرکے چیخنے لگے۔

اب میں نے بلند آواز سے یوں بولنا شروع کر دیا جیسے دو آدمی باتیں کرتے ہیں۔ چیتے کو متوجہ کرنے کے لیے یہ چال بھی خاصی کارگر ہوتی ہے۔ اسی طرح خود سے باتیں کرتا اور ٹہلتا ہوا میں کافی دیر تک بستی میں پھرتا رہا، مگر چیتے کا کوئی سراغ نہ ملا۔ خدا جانے وہ کہاں چھپا بیٹھا تھا اور کس وقت کا منتظر تھا۔

اب میں پھر اپنے اڈے پر آگیا۔ یعنی اس کچے مکان کی بارہ فٹ بلند چھت پر۔ رات کافی گزر چکی تھی اور آنکھیں نیند سے بوجھل ہو رہی تھیں۔ جنگل کی جانب سے سرد ہوا کے جھونکے آتے اور مجھے تھپکیاں دے کر نکل جاتے۔ میں نے سوچا کہ اگر نیند نے مجھے غافل کر دیا تو چیتا مجھے مار ڈالے گا۔ میں نے شیشی سے دو گولیاں نکال کر کھائیں۔ قہوے کے دو کپ پیے اور نیند سے نجات پانے کا پورا سامان کر لیا۔ وقت کچھوے کی چال چل رہا تھا۔

اتنے میں پھر جنگل سے الو کے بولنے اور گیدڑوں کے چیخنے کی آوازیں آنے لگیں۔ اس کے ساتھ ہی کتوں نے دوبارہ بھونکنا شروع کر دیا۔ میں سمجھ گیا کہ چیتا

اب شکار کی تلاش میں نکل آیا ہے اور غالباً قریب ہی ہے۔ دفعتہ کتے چپ ہو گئے اور ایک بھیانک خاموشی چھا گئی۔ بجلی چمکی تو میں نے دیکھا کہ دو فرلانگ کے فاصلے پر کوئی سیاہ چیز جھاڑیوں میں سے نکلی اور ایک طرف کو غائب ہو گئی۔ میں نے فوراً اپنے پرانے دشمن کو پہچان لیا۔ یہ وہی بڑا والا چیتا تھا۔ میں نے گھڑی دیکھی۔ دو بج رہے تھے۔ چیتے کو دیکھ کر نیند غائب ہو گئی تھی اور میرے اعصاب پوری طرح بیدار اور چست ہو گئے تھے۔ چیتے کے صبر و استقلال کی داد نہ دینا ظلم ہو گا۔ اگرچہ اس نے مجھے سر شام ہی دیکھ لیا تھا لیکن پورے سات گھنٹے انتظار کرنے کے بعد وہ اپنی کمین گاہ سے باہر نکلا تھا۔ مجھے اب یہ اندیشہ تھا کہ اس اندھیرے سے فائدہ اٹھاتے ہوئے اگر وہ جست لگا کر چھت پر چڑھ آیا تو میری خیر نہیں۔ میں نے محسوس کیا کہ وہ کافی طاقتور اور پھرتیلا ہے اور ایسے چیتے کے لیے بارہ یا پندرہ فٹ تک جست لگا لینا کوئی مشکل کام نہ ہو گا۔

بجلی ایک مرتبہ پھر چمکی اور میں نے سامنے دیکھا تو چیتا مجھ سے صرف بیس پچیس گز کے فاصلے پر تھا۔ میں نے رائفل کی نال پر فٹ کی ہوئی ٹارچ روشن کی تو چیتا وہاں سے غائب تھا۔ غالباً وہ کسی جھونپڑے کی آڑ میں ہو گیا تھا۔ اب میں نے پہلی مرتبہ اس کے غرانے کی آواز سنی۔ اسے احساس ہو گیا تھا کہ جسے وہ "شکار" سمجھ رہا ہے وہ شکار نہیں "شکاری" ہے۔ بستی کے آوازہ کتے جو خاموش تھے۔ یک لخت بھونکنے لگے اور چیتے کی غراہٹیں بھی بلند ہو گئیں۔ پھر میں نے خشک پتوں پر اس کے دوڑنے کی آواز بھی سنی اور ایک بار پھر سناٹا سا چھا گیا۔

اب مشرق کی طرف سے صبح کے ہلکے ہلکے آثار نمودار ہو رہے تھے۔ میں کافی

دیر تک وہیں بیٹھا رہا کہ شاید چیتا دوبارہ آئے مگر وہ نہ آیا۔ آسمان پر گھٹا آئی ہوئی تھی اور تھوڑی ہی دیر میں بارش شروع ہوگئی۔ میں مجبوراً وہاں سے اترا اور گاؤں کے نمبر دار کے مکان کی طرف بھاگا۔ اس کا مکان بھی دو ڈھائی فرلانگ دور تھا۔ جونہی میں چھت سے نیچے اترا، مکان کی شمالی دیوار کے ساتھ دبکا ہوا ایک کتا بری طرح بھونکا اور ایک طرف کو بھاگا۔ میں ٹارچ کی روشنی میں اسے دیکھ ہی رہا تھا کہ سامنے جھاڑیوں میں سے چیتا غراتا ہوا نکلا اور چھلانگیں مارتا ہوا میری طرف آیا۔ اس وقت اس حیوان میں بجلیاں بھری ہوئی تھیں۔ میں نے بدحواسی میں نشانہ لیے بغیر فائر جھونک دیا۔ چیتے نے قلابازی کھائی اور واپس جھاڑیوں کی طرف بھاگا۔ اس کے حلق سے اب غرانے اور چیخنے کی بھیانک آوازیں نکل رہی تھیں۔ جن سے سارا جنگل لرز رہا تھا۔ ہوش و حواس میرے بھی جواب دے گئے تھے۔ میں چھت پر چڑھ گیا۔ موسلا دھار بارش میں وہیں بیٹھا رہا۔ میں نے ٹارچ روشن کرلی۔ چیتا سامنے جھاڑیوں میں چھپا ہوا بار بار غرا رہا تھا۔ مجھے یقین تھا کہ وہ زخمی ہو گیا ہے۔ بارش میں بھیگنے کا نتیجہ یہ نکلا کہ میں سردی سے تھر تھر کانپنے لگا۔ میں نے سوچا اگر اس طرح بارش میں بھیگتا رہا تو صبح تک میری لاش بھی اکڑ چکی ہو گی۔ پس رائفل اٹھائی اور سامنے جھاڑیوں میں فائروں کی بارش کر دی۔ دس بارہ فائر کیے۔ چیتا غرایا لیکن پھر یکدم چپ ہو گیا۔ پندرہ منٹ انتظار کے بعد نیچے اترا۔ رائفل میرے ہاتھ میں تیار تھی۔ ٹارچ کی تیز روشنی میں میں نے جھاڑیوں کو خوب دیکھا، مگر وہاں تازہ خون کے بڑے بڑے دھبوں کے سوا اور کچھ نہ تھا اور خون کے یہ دھبے بھی آہستہ آہستہ بارش کے پانی سے صاف ہوتے جا رہے تھے۔

دوسرے روز میں دن چڑھے تک سوتا رہا اور جب بیدار ہوا تو میرا جسم تھکن سے درد کر رہا تھا۔ میں سوچ رہا تھا کہ چیتا بڑا سخت جان نکلا۔ اگر وہ بچ گیا تو پہلے سے بھی زیادہ غضبناک ہو گیا ہو گا۔ اتنے میں بنگلے کے باہر ڈھول کے ساتھ ساتھ بہت سے آدمیوں کا شور و غل سنائی دیا۔ میں باہر نکلا تو اپنی آنکھوں پر یقین نہ آیا۔ دس بارہ آدمی آگے آگے اچھلتے کودتے اور ڈھول بجاتے چلے جا رہے تھے اور پیچھے ایک دو موٹے بانسوں پر پانچ آدمیوں نے چیتے کی لاش اٹھا رکھی تھی۔ معلوم ہوا کہ چیتے کی لاش صبح کے وقت جنگل میں ندی کے کنارے پڑی ہوئی پائی گئی۔ اس کے پیٹ میں دو گولیاں اور کندھے پر ایک گولی لگی تھی۔ اور اس طرح ست پورہ کا وہ آدم خور چیتا جس نے کئی جانوں کو ہلاک کیا تھا، اپنے انجام کو پہنچ گیا۔

***

۲

ساؤ کے آدم خور

تحریر: کرنل جان پیٹرسن

تلخیص وترجمہ: عمیر صفدر

وہ زمانہ مجھے آج بھی یوں یاد ہے جیسے کل ہی کی بات ہو۔ بعض اوقات سوچتا ہوں تو ذہن حیرت میں ڈوب جاتا ہے اور میں خیال کرتا ہوں کہ کیا واقعی ساؤ کے آدم خوروں کو میں نے مارا تھا جنہوں نے کئی سو مزدور ہڑپ کر ڈالے تھے۔ یہ سب واقعات میرے حافظے کی لوح پر روشن ہیں۔ ان حالات میں آپ خود اندازہ لگا سکتے ہیں کہ ریلوے لائن کی تعمیر کا کام کس قدر دشوار اور مشکل تھا۔ کبھی کبھار ریلوے لائن کی تعمیر کا کام سامان وقت پر نہ پہنچنے کے باعث رک بھی جاتا اور کئی کئی دن تک رکا رہتا۔ ان دنوں مجھے ادھر ادھر علاقے میں دور دور تک گھومنے کا اچھا موقع مل جاتا تھا۔ اسی طرح ایک دن میں نے اپنے ساتھیوں کے ساتھ شکار کا پروگرام بنایا۔ جب میں ہر طرح کیل کانٹے سے لیس ہو چکا تو ہم پانچ چھ آدمیوں کا گروہ دریائے سابا کی طرف روانہ ہوا۔ اس گروہ میں میرے علاوہ ایک ہندوستانی ملازم مہینا،

باورچی مبارک اور ایک سقہ شامل تھا۔ یہ ہندوستانی مزدور نہایت محنتی اور نڈر ہوتے ہیں۔ ان لوگوں کے علاوہ سامان اور کھانے پینے کی چیزیں اٹھانے کے لیے میں نے چند مقامی مزدور بھی ساتھ لے لیے۔ سیر و شکار میں کئی ایسے مواقع بھی آتے کہ ہمیں اپنے کیمپ سے کئی کئی روز غیر حاضر رہنا پڑتا۔

دریائے سابا کی ایک خصوصیت یہ ہے کہ اس کا پاٹ کہیں بہت تنگ اور کہیں بہت وسیع ہو جاتا ہے کہ اسے عبور کرنا خاصا مشکل کام ہے۔ واپسی پر ہم نے دریا کا وہ کم چوڑا پاٹ کھو دیا جس سے دریا عبور کر کے آئے تھے۔ ہم ایک ہرن کے تعاقب میں بہت آگے نکل گئے۔ ہمیں قطعاً احساس نہ ہوا کہ کتنا وقت گزر گیا اور رات کب سر پر آگئی۔ درختوں پر چھپے ہوئے پرندے بولنے لگے۔ بندر چیخنے لگے اور دور کہیں ہم نے کسی شیر کے دھاڑنے کی آواز بھی سنی۔

شیر کی دھاڑ سنتے ہی ہمارے ہوش اڑ گئے۔ اگرچہ میں ایک تجربہ کار شکاری ہوں لیکن خدا نے اس درندے کی آواز میں دہشت کا ایسا عنصر رکھ دیا ہے کہ دل کانپ جاتا ہے اور عجیب بات یہ ہے کہ شیر خواہ کتنی ہی دور دھاڑ رہا ہو یہی محسوس ہوتا ہے کہ وہ ہم سے بہت قریب ہے۔ شیر کی آواز سن کر مہینا کی حالت مجھ سے زیادہ ابتر تھی۔ بے چارہ تھر تھر کانپ رہا تھا۔ "آقا خدا کے واسطے یہاں سے جلد نکل چلیئے۔ شیر ہمارے آس پاس پھر رہا ہے۔" دل تو میرا بھی ڈر رہا تھا مگر میں نے زبردستی ہنس کر کہا۔

"ارے پاگل یہ شیر جس کی آواز تم سن رہے ہو یہاں سے کئی میل دور ہے۔ جتنی دیر میں وہ ادھر آئے گا۔ ہم کہیں کے کہیں پہنچ چکے ہوں گے۔ آؤ اب واپس

چلیں۔"

دسمبر ۸۹۸۱ء میں ریلوے لائن کلندنی کے مقام تک پہنچ چکی تھی۔ چوں کہ ان دنوں برطانیہ عظمٰی کی سلطنت کئی براعظموں تک وسیع تھی۔ اس لیے دوسری جگہوں مثلاً ہندوستان وغیرہ سے بھی بڑی تعداد میں مزدور پٹری بچھانے کے لیے لائے گئے تھے۔ کام زور و شور سے جاری تھا۔ ہزارہا مزدور اور کاریگر لگے ہوئے تھے۔ میرا خیال تھا کہ یہ کام جلد ہی مکمل ہو جائے گا لیکن حالات نے ایسا پلٹا کھایا کہ صورتحال بالکل بدل گئی۔ ایک روز جب میں منہ اندھیرے اٹھا تو مجھے بتایا گیا کہ انگن سنگھ جمعدار کو آدھی رات میں خیمے کے اندر سے ایک شیر گھسیٹ کر لے گیا اور اسے ہڑپ کر گیا۔ یہ خبر سن کر مجھے بہت صدمہ ہوا۔ میں فوراً وہاں پہنچا۔ بلاشبہ یہ کام شیر ہی کا تھا۔ خیمے کے باہر ریت پر شیر کے پنجوں کے نشانات موجود تھے۔

یہ پہلا موقع تھا کہ ساؤ کے آدم خور شیروں سے میرا تعارف ہوا۔ اسی رات میں نے انگن سنگھ کے خیمے کے قریب ایک مضبوط اور بلند درخت پر شیر کا انتظار کرنے کا پروگرام بنایا اور سرِ شام ہی تیاری کے ساتھ پہنچ گیا۔ میں نے مزدوروں کو ہدایت کی کہ وہ اپنے خیموں کے دروازے اچھی طرح بند رکھیں۔ میرے پاس اعشاریہ ۳۔۳ اور ۲۱ بور کی دو بندوقیں تھیں اور میں پکا ارادہ کیے ہوئے تھا کہ ان آدم خوروں کو ضرور ختم کروں گا۔ رات آہستہ آہستہ اپنا سفر کر رہی تھی۔

یکایک شیر کی خوفناک دھاڑ سے جنگل لرز اٹھا۔ مجھے احساس ہو رہا تھا کہ وہ ضرور دبے پاؤں اپنے شکار کی تلاش میں پھر رہا ہے اور عنقریب ادھر آنے والا ہے۔ لیکن شیر نہ آیا۔ وہ رات آنکھوں میں کٹ گئی اور جب میں دوسرے قبیلوں کے

ساتھ اپنے کیمپ میں پہنچا تو ایک تازہ خبر میرا انتظار کر رہی تھی۔ ریل ہیڈ کیمپ میں آدم خور شیروں نے حملہ کیا اور ایک مزدور کو پکڑ کر لے گئے۔ وقت وہی تھا۔ جب میں نے رات شیر کے دھاڑنے کی آواز سنی تھی۔ میں اس طرف گیا اور ایک درخت پر مچان بندھوائی۔ اس سے دس فٹ کے فاصلے پر ایک دوسرے درخت تک نیچے میں نے ایک بکرا بندھوایا۔ روشنی کے لیے میں نے تیل کی لالٹین بھی روشن کر کے ایک شاخ پر لٹکا دی۔

بکرا پہلے تو کافی دیر تک چپ چاپ بندھا رہا۔ لیکن جونہی رات گہری ہوئی تو وہ خوف سے چلانے لگا۔ اس کی آواز یقینا دور تک پہنچ رہی تھی کیوں کہ میں نے فوراً شیر کے دھاڑنے کی آواز سنی۔ یہ آواز سنتے ہی بکرا فوراً چپ ہو گیا۔ غالباً شیر کی دہشت سے اس کی آواز بند ہو گئی تھی۔ بکرے کا یوں چپ ہو جانا مجھے اور الجھن میں ڈال رہا تھا۔ میں چاہتا تھا کہ بکرا اور زور سے چلائے تا کہ شیر اس کی آواز پر ادھر چلے آئے۔ اسی اثناء میں بادل گرجے اور بارش شروع ہو گئی۔ ہوا اور بارش کا یہ طوفان ڈیڑھ گھنٹے تک جاری رہا۔ خدا خدا کر کے بارش تھمی۔ بکرا ایک مرتبہ پھر حلق پھاڑ پھاڑ کر چلایا۔ مجھے خیال ہوا کہ یہ رات بھی ضائع ہو گئی۔ شیر اب ادھر کا رخ نہ کرے گا۔ آدھی رات کے بعد میں نے کسی آدمی کے چیخنے کی آوازیں سنیں۔ یہ آوازیں میرے پیچھے سے آ رہی تھیں۔ افسوس کہ ایک بار پھر آدم خوروں نے نجانے کہاں اپنا شکار مار لیا تھا۔

اسی طرح ایک رات شیر قلیوں کے خیمے میں گھس آیا۔ خیمہ کافی بڑا تھا۔ جس میں چودہ پندرہ قلی سوئے ہوئے تھے۔ اسی خیمے میں گندم اور چاولوں کی چند بوریاں

بھی رکھی تھیں۔ شیر نے پہلے تو ایک قلی کے کندھے پر زور سے پنجہ مارا۔ اس بدنصیب کا کندھا جسم سے الگ ہو گیا۔ اس کے منہ سے چیخ نکلی تو دوسرے قلی ہڑبڑا کر اٹھ بیٹھے۔ شیر بدحواس ہو گیا اور جلدی میں اپنے شکار کو چھوڑ کر چاولوں کی ایک بوری منہ میں پکڑی اور گھسیٹ کر خیمے سے باہر لے گیا۔ کافی دور جانے کے بعد جب شیر نے بوری کو چیر اپھاڑا تو اس میں سے چاول نکل کر بکھر گئے۔ شیر کو اپنی حماقت کا احساس ہوا اور وہ بوری وہیں چھوڑ کر کسی اور طرف چلا گیا۔ یہ واقعات شروع کے ہیں۔ بعد میں ان شیروں کو اپنا شکار حاصل کرنے میں بڑی مہارت ہو گئی تھی اور وہ حد سے زیادہ چالاک اور نڈر ہو گئے تھے۔ انہوں نے کیمپ کا وہ ہسپتال بھی نہ چھوڑا جس کے گرد میں نے خاص طور پر خاردار باڑ لگوائی تھی۔ لیکن ایک رات شاید وہ کسی حصے سے جھاڑیاں کم اونچی پا کر کود آیا۔ اب جو اس نے بغیر کسی آواز کے ہسپتال کے ایک دروازے سے جھانکا تو اس کے سامنے ایک کمرے میں پانچ مریض اپنے بستروں پر بے خبر سوئے ہوئے تھے۔ اس نے ایک غراہٹ کے ساتھ چھلانگ لگائی اور تیسرے مریض پر کود گیا۔ ابھی وہ چیخ و پکار مچا ہی رہا تھا کہ شیر نے اس کی ٹانگ دبوچ لی اور گھسیٹتا ہوا باڑھ میں سے کسی ایسے حصے میں لے گیا جہاں سے اسے لے جانے میں کوئی دقت بھی نہ ہوئی۔ صبح جھاڑی کے ایک حصے سے اس کے پنجوں اور پیروں کے نشانات مل گئے اور ساتھ اس بدنصیب مریض کے خون کے دھبے بھی۔ میں نے فوری طور پر ہسپتال وہاں سے منتقل کرا دیا۔

میری سمجھ میں کچھ نہ آتا تھا کہ ان درندوں سے کس طرح خلق خدا کو نجات دلائی جائے۔ ان آدم خوروں کو مارنے کی تدبیریں سوچتے سوچتے میرا دماغ ماؤف ہو

گیا۔ آخر ایک روز ایک نہایت ہی عمدہ ترکیب میرے ذہن میں آئی۔ میں نے ریل کے سلیپر اور آہنی گارڈ جمع کیے اور پھر ایک بڑا سا پنجرہ بنایا کہ شیروں کو زندہ گرفتار کیا جا سکے۔ پنجرے کے دو حصے تھے، سامنے کا حصہ شیروں کے لیے اور عقبی حصہ مویشیوں یا آدمیوں کے لیے، تاکہ شیر ان کی بو پر پنجرے میں داخل ہو اور جونہی اس کے بھاری بھرکم جسم کا بوجھ ایک کمانی دار تختے پر پڑے، اوپر سے لوہے کی سلاخوں کا دروازہ فوراً گرے اور شیر کے باہر نکلنے کی راہ بند ہو جائے۔ اس کے بعد میں نے پنجرے سے ذرا فاصلے پر ایک خیمہ نصب کرایا اور اس کے چاروں طرف کانٹوں کی مضبوط باڑ لگوائی اور پوری تیاری کے ساتھ رات کو خیمے میں بیٹھ گیا۔ آپ یقین کیجئے کہ میں نے تین راتیں آنکھوں میں کاٹ دیں مگر شیر نہ آیا۔ نامعلوم کب میری آنکھ لگی ہوئی تھی کہ اتنے میں وہ موذی شیر وہاں آ پہنچا۔ شیر کی گرج سن کر میری آنکھ کھل گئی۔ مگر اب بچنے کا موقع کہاں تھا۔ اتفاق ایسا ہوا کہ شیر خیمے کی رسیوں میں الجھ گیا۔ اس نے دو تین جھٹکے دیے تو پورا خیمہ ہم دونوں کے اوپر آن پڑا۔ میرے ہوش و حواس تو پہلے ہی گم ہو چکے تھے۔ رائفل تک اٹھانا بھول گیا۔ شیر نے خیمے کو نوچنا شروع کر دیا۔ میں خیمے کے اندر لیٹے ہوئے بستر کی مانند چھپا ہوا تھا۔ شیر نے مجبور ہو کر اس بستر کو منہ میں پکڑا اور بار سے گھسیٹ کر باہر لے آیا اور اس کی یہی حرکت مجھے دوبارہ زندگی بخشنے کا باعث بنی، ورنہ کانٹوں کی باڑ ایسے نازک وقت میں عبور کرنا میرے لیے ناممکن سی بات تھی۔ حسن اتفاق سے میری قمیض کا بڑا ٹکڑا پھٹ کر اس کے منہ میں رہ گیا اور میں اپنے ہی لگائے جانے والے زور سے دس پندرہ گز کے فاصلے پر جا گرا۔ بجلی کی تیزی میں اٹھا اور دوڑ کر پنجرے کے اندر

چلا گیا۔ کمانی دار تختے پر جونہی میرا بوجھ پڑا، اوپر سے لوہے کی سلاخوں کا دروازہ گرا اور میرے اور شیر کے درمیان حائل ہو گیا۔ آدم خور اب میرا کچھ نہیں بگاڑ سکتا تھا۔ صبح تک اس نے پنجہ ڈال کر بار بار پکڑنے کی کوشش کی۔ آخر تھک ہار کر وہ وہاں سے چلا گیا۔ مجھے افسوس صرف اس بات کا تھا، میرے پاس رائفل ہوتی تو اس کا کام یہیں کر دیتا۔

مزدوروں کے تیور تو ان شیروں کی ابتدائی سرگرمیوں کے باعث پہلے ہی بگڑے ہوئے تھے۔ لیکن جب معاملہ حد سے گزر گیا اور ساٹھ ستر آدمی اس طرح ہلاک ہو گئے تو ان کا ایک وفد میرے پاس آیا اور مزید رکنے سے انکار کر دیا۔ میں نے ان لوگوں کو روکنے کی ہر ممکن کوشش کی مگر وہ نہ مانے اور ریل میں بھر بھر کر ممباسہ جانے لگے۔ اس اثناء میں میں نے منت سماجت کر کے بقیہ مزدوروں کو اس شرط پر روک لیا کہ ان کے لیے ٹین کی چادروں کے چھوٹے چھوٹے کوارٹر بنائے جائیں گے۔

چند دن میں سرکار کی طرف سے میری مدد کے لیے ایک ماہر شکاری مسٹر وائٹ کو بھیجا گیا۔ میں نے شیر پکڑنے کا جو آہنی پنجرہ بنایا تھا اس کا معائنہ کیا گیا اور طے ہوا کہ شیر کو ہلاک کرنے کی یہی تدبیر ہے کہ اس کو پنجرہ میں پھنسا لیا جائے۔ شام ہوتے ہی ہم سب اپنی اپنی مچانوں پر بیٹھ گئے۔ پنجرے کے عقبی حصے میں دو سپاہیوں کو رائفلوں، کارتوسوں کے ایک ڈبے اور لالٹین کے ساتھ بند کیا گیا اور حکم دیا گیا کہ جیسے ہی شیر پنجرے میں بند ہو جائے اس پر گولیوں کی بارش کر دی جائے۔ سب لوگ نہایت بے صبری سے شیروں کی آمد کا انتظار کر رہے تھے۔ رات کے

دوسرے پہر شیر کے گرجنے کی اور دھاڑنے کی آواز سنائی دی۔ ہم گھپ اندھیرے میں آنکھیں پھاڑ پھاڑ کر شیر کا سراغ پانے کی کوشش کر رہے تھے۔ دفعتہ ایک پر شور آواز کے ساتھ پنجرے کا آہنی دروازہ گرا اور شیر کے گرجنے اور پنجرہ ہلنے کی آوازیں آئیں۔ فوراً ہی مچانوں پر لالٹینیں روشن ہو گئیں۔

ہم نے دیکھا کہ آدم خور پنجرے میں پھنس چکا ہے۔ وہ سلاخوں کے اندر غیظ و غضب سے اچھل رہا تھا اور اتنی قوت سے دھاڑ رہا تھا کہ دل دہل جاتا تھا لیکن تعجب اس امر پر تھا کہ دوسرے حصے میں موجود سپاہی کیوں اس پر فائر نہیں کرتے۔ کئی منٹ اس طرح گزر گئے اور فائر کی کوئی آواز نہ آئی۔ آدم خود کو اپنے اس قدر قریب پا کر ان پر اس قدر وحشت طاری ہو گئی تھی کہ رائفلیں تک ان کے ہاتھوں میں کانپ رہی تھیں۔ اب جو انہوں نے فائر شروع کیے تو بالکل اندھا دھند شیر کو تو کوئی گولی نہ لگی البتہ جا کر درختوں میں پیوست ہوتی رہیں۔ پھر پوری قوت لگا کر اس نے لوہے کی سلاخیں لچکا ڈالیں اور ان کے درمیان میں سے نکل گیا اور یہ سارا کھیل ان بزدل اور بیوقوف سپاہیوں کے باعث کر کرا ہو گیا۔ اس ناکامی کا مسٹر وائٹ پر ایسا اثر پڑا کہ وہ اپنے علاقے میں واپس چلے گئے اور ایک بار پھر میں تنہا رہ گیا۔

ایک ہفتے بعد کا ذکر ہے میں کسی کام سے باہر نکلا تو دیکھا کہ ایک حبشی دوڑا ہوا میرے پاس آ رہا ہے۔ معلوم ہوا کہ دریا کے نزدیک ایک جگہ شیر نے اس پر حملہ کیا۔ یہ گدھے پر بیٹھا ہوا تھا کسی نہ کسی طرح یہ خود تو بچ کر آ گیا مگر شیر نے گدھے کو وہیں چیر پھاڑ دیا۔ میں فوراً اپنی رائفل کندھے لٹکا کر ساتھ چل دیا۔ شیر وہاں موجود تھا اور غالباً نہایت بھوکا ہونے کے باعث گدھے کے "بدمزہ" گوشت ہی پر قناعت

کر رہا تھا۔ میں نہایت احتیاط سے پھونک پھونک کر قدم آگے بڑھا رہا تھا لیکن میرے راہنما حبشی نے اپنی حماقت سے ایک جگہ سوکھی شاخوں پر پیر رکھ دیا۔ آہٹ ہوئی تو شیر چوکنا ہو کر ادھر ادھر دیکھنے لگا۔

اس نے اپنے قریب خطرے کی بو سونگھ لی تھی۔ وہ غراتا ہوا جنگل میں گھس گیا۔ میں واپس آیا۔ کیمپ سے چار پانچ سو قلی جمع کیے۔ جمعداروں سے کہا کہ خالی کنستر، ڈھول، باجے، برتن غرض یہ کہ جو شے بھی مل سکے لے آؤ۔ جب یہ سامان آگیا تو میں نے ان سب کو ہدایت کی کہ کنستر اور ڈھول پیٹتے ہوئے اور خوب شور مچاتے ہوئے ایک نصف دائرے کی شکل میں آہستہ آہستہ جنگل کی طرف چلو اور میں خود اسی جگہ جا کر چھپ گیا جہاں شیر نے گدھے کو ہلاک کیا تھا۔ قلیوں کے ہنگامے سے جنگل میں ایک قیامت برپا ہو گئی۔ چند ہی منٹ بعد کیا دیکھتا ہوں کہ آدم خور مضطرب ہو کر جنگل سے نکلا، وہ تعجب اور خوف سے ادھر ادھر دیکھتا۔ غالباً اس سے پہلے اس نے ایسا شور اور ہنگامہ نہ سنا تھا۔ وہ چند قدم چلتا اور پھر رک کر اپنے اردگرد دیکھنے لگتا۔ آخر وہ مجھ سے کافی قریب آگیا۔ اس نے اب تک مجھے نہیں دیکھا تھا۔ اس کی پوری توجہ اس ہنگامے پر مرکوز تھی۔ میں نے رائفل سے اس کی پیشانی کا نشانہ لیا اور فائر کر دیا۔ آدم خور کے منہ سے ایک بھیانک چیخ نکلی وہ فضا میں کئی فٹ اونچا اچھلا اور دھاڑتا ہوا میری جانب آیا۔ میں نے فوراً دو اور فائر کیے اور دونوں گولیاں اس کے جسم میں پیوست ہو گئیں۔ وہ وہیں قلابازی کھا کر ڈھیر ہو گیا۔ یہ موقع ایسا نازک تھا کہ میرا نشانہ خطا ہو جاتا تو میری موت یقینی تھی۔ شیر کے ہلاک ہوتے ہی قلیوں اور مزدوروں میں مسرت کی ایک زبردست لہر دوڑ گئی۔ پہلے تو وہ

شیر کے گرد رقص کرتے رہے پھر انہوں نے مجھے کندھے پر اٹھالیا اور پورا جنگل "شاباش" اور "زندہ باد" کے نعروں سے گونجنے لگا اور اس طرح ساؤ کا پہلا آدم خور شیر جس کے قد کی لمبائی ۹ فٹ ایک انچ تھی، کئی ماہ کی مسلسل کوششوں کے بعد اپنے انجام کو پہنچا۔

دس دن بعد تک دوسرے آدم خود کے بارے میں مجھے کوئی اطلاع نہیں ملی کہ اس نے کسی پر حملہ کیا ہو۔ کسی قلی کو اٹھا کر لے گیا ہو۔ اس کے یوں غائب ہونے کا ایک ہی مطلب تھا کہ وہ زخموں کی تاب نہ لا کر کہیں جھاڑیوں میں مر چکا ہوگا۔ تاہم مزدور بدستور درختوں کے اوپر چارپائیاں باندھ کر سوتے تھے۔ اسی طرح ہفتہ اور گزر گیا۔ مجھے یقین ہو چلا کہ آدم خور کا قصہ اب پاک ہو چکا ہے۔

۲۷ دسمبر ۱۸۹۹ء کی وہ رات مجھے آج بھی یاد ہے۔ میں اپنے خیمے میں لیٹا خواب خرگوش کے مزے لے رہا تھا کہ یکایک خیمے سے باہر کچھ فاصلے پر قلیوں کے چیخنے چلانے کی آوازوں نے مجھے بیدار کر دیا۔ اس کے بعد شیر کی گرج دار آواز نے مجھے بیدار کر دیا۔ خدا کی پناہ! آدم خور پھر نمودار ہو چکا تھا۔ میں نے ایک سوراخ سے باہر جھانکا۔ گھپ اندھیرے میں مجھے کچھ سجھائی نہ دیا۔ قلی مسلسل چیخ رہے تھے۔ میں نے جلدی سے اپنی رائفل اٹھائی اور تین چار ہوائی فائر کر دیے۔ جس سے آدم خور ڈر کر ایک جانب بھاگ گیا۔ صبح ہوئی تو پتہ چلا کہ فائر عین وقت پر ہوئے تھے ورنہ آدم خور کسی کو اٹھا لے جاتا۔ شام ہوئی تو میں رائفل لے کر ایک درخت پر چڑھ گیا۔ مجھے یقین تھا کہ آدم خور کل کی ناکامی کا بدلہ لینے ضرور آئے گا۔ خوش قسمتی سے اس رات بادل نہیں تھے اور چاند کی روشنی کھل کر آرہی تھی۔ آدم خور کا انتظار

کرتے کرتے رات کے دو بج گئے۔ مجھے نیند کے جھونکے آرہے تھے پھر میں وہیں درخت کے تنے کے ساتھ ٹیک لگا کر اونگھنے لگا۔ نامعلوم میں کتنی دیر تک غنودگی کی عالم میں رہا دفعتہ میرے حواس خود بیدار ہو گئے۔ میں نے چونک کر ادھر ادھر دیکھا وہاں کوئی نہ تھا۔ ہر شے ساکن اور چپ چاپ تھی۔ تاہم میں نے اپنے اندر بے چینی محسوس کی۔ یہ میری چھٹی حس تھی جو مجھے بتاتی تھی کہ میرے نزدیک کوئی ذی روح موجود ہے۔ میں نے آنکھیں پھاڑ پھاڑ کر دیکھنے کی کوشش کی۔ درخت سے پندرہ گز دور گھنی جھاڑیوں پر چند منٹ تک نظریں جمائے رکھنے سے پتہ چلا کہ اس میں ہمارے پرانے دوست آدم خور صاحب چھپے ہوئے غالباً میری نگرانی کر رہے ہیں اور کمال کی بات یہ تھی کہ ظالم ان جھاڑیوں میں بھی ایسی احتیاط سے حرکت کرتا تھا کہ جھاڑیاں ذرا نہ ہلتی تھیں۔ میں مچان پر بے حس و حرکت بیٹھا اس کی عیاری کا جائزہ لیتا رہا۔ پھر میں نے اسے مزید دھوکہ دینے کے لیے اپنی آنکھیں جھوٹ موٹ موندھ لیں اور مصنوعی خراٹے لینے لگا۔ ایک آدھ منٹ بعد میں دیکھ لیتا کہ وہ کتنا نزدیک آگیا ہے۔ بھری ہوئی رائفل میرے پاس تھی اور پھر مجھے پہلی مرتبہ احساس ہوا کہ آدم خور مجھی کو اپنا لقمہ بنانے کا ارادہ کر رہا تھا۔ میں جس مچان پر بیٹھا تھا، زمین سے اس کی بلندی دس گیارہ فٹ سے زیادہ نہ تھی اور شیر آسانی سے جست لگا کر اتنی بلندی پر وار کر سکتا تھا۔ خوف کی ایک سرد لہر میرے بدن میں دوڑ گئی۔ شیر اب مجھ پر حملہ کرنے کے لیے بالکل تیار تھا۔ وہ ایک دم جھاڑیوں کو چیرتا ہوا آگیا اور چھلانگ لگا کر میری جانب لپکا۔ لیکن میں بھی غافل نہ تھا۔ فوراً میری رائفل سے شعلہ نکلا اور گولی شیر کے بائیں کندھے میں لگی۔ ایک ہولناک گرج کے ساتھ

آدم خور پشت کے بل گرا۔ مگر دوسرے ہی لمحے وہ اٹھا اور اچھل کر مجھ پر حملہ کیا۔ اس کا پنجہ چان سے دو انچ نیچے ایک شاخ پر پڑا اور شاخ تڑخ کر نیچے جا گری۔ میں نے بدحواسی میں دو اور فائر کیے اور یہ دونوں گولیاں کارآمد ثابت ہوئیں۔ اس کا دایاں بازو تو بالکل ہی بے کار ہو چکا تھا۔ وہ تین ٹانگوں پر اچھلتا ہوا جھاڑیوں کی طرف بھاگا۔ لیکن اب بھاگنے کا موقع کہاں تھا۔ ظالم درندے کا وقت پورا ہو چکا تھا۔ شیر کی لاش اٹھا کر میں اپنے خیمے میں لے گیا۔ اس کے جسم سے چھ گولیاں برآمد ہوئیں۔ اس طرح نو ماہ کی جان توڑ کوشش کے بعد دونوں آدم خور ہلاک ہوئے جن کی ہیبت ناک یاد اتنے برس بعد آج بھی میرے دل میں روزِ اول کی طرح تازہ ہے۔

***

۳

دس لاکھ کا نوٹ

تحریر: مارک ٹوین

ترجمہ: ڈاکٹر رؤف پاریکھ

میں دنیا میں بالکل اکیلا تھا اور امریکا کے شہر سان فرانسسکو کی ایک کمپنی میں ملازمت کرتا تھا۔ اپنے دماغ اور نیک نامی کے سوا دنیا میں میرا کوئی سہارا نہ تھا لیکن مجھے یقین تھا کہ میری ذہانت اور ایمان داری ایک نہ ایک دن مجھے اعلا مقام پر ضرور پہنچائے گی۔

چھٹی کے دن میں شام کو گھومنے پھرنے ساحل سمندر کی طرف نکل جاتا اور چپو سے چلنے والی ایک چھوٹی سی کشتی میں مزے مزے سے کھیلتا رہتا۔

ایک دن اتفاق ایسا ہوا کہ میں ساحل سے کچھ دور نکل گیا اور گہرے سمندر میں میری کشتی تیز بہاؤ کے ساتھ خدا جانے کہاں پہنچ گئی۔ ساحل نظروں سے اوجھل ہو چکا تھا اور اندھیرا پھیلنے لگا تھا۔ میں نے سوچا کہ اگر جلد ہی کوئی تدبیر نہ کی تو ان موجوں پر مجھے کئی دن تک تنکوں کی طرح بھٹکنا پڑے گا۔ بلکہ بھوک پیاس سے

موت بھی واقع ہو سکتی ہے لیکن خدا کا کرنا یہ ہوا کہ ایک بحری جہاز کے کپتان نے مجھے دیکھ لیا۔ یہ جہاز لندن جا رہا تھا۔ کپتان نے مجھے بتایا: "اب تمھیں بھی ہمارے ساتھ لندن جانا پڑے گا۔ ہم کہیں اور نہیں جا سکتے۔ البتہ کرائے کے عوض تمھیں جہاز پر کام کرنا پڑے گا۔" مرتا کیا نہ کرتا۔ میں نے ہامی بھر لی۔ وہ ایک طویل سفر تھا۔ مجھے عام مَلّاحوں کی طرح جان توڑ محنت کرنی پڑی۔

جہاز جب لندن پہنچا اور میں نے لندن کی زمین پر قدم رکھا تو میرے کپڑے جگہ جگہ سے پھٹ چکے تھے اور جیب میں صرف ایک ڈالر تھا۔ اس ڈالر سے میں صرف دو دن کی خوراک خرید سکتا تھا۔ اس سے اگلے ۴۲ گھنٹے میں نے خالی پیٹ گزارے۔ سر چھپانے کے لیے کسی ٹھکانے کا تو سوال ہی پیدا نہیں ہوتا تھا۔

مجھے بغیر کچھ کھائے پیے دوسرا دن تھا، میں نے ایک گلی میں ایک بچے کو دیکھا جو شاید اپنی آیا کے ساتھ کہیں جا رہا تھا۔ اس نے ایک بڑی سی ناشپاتی کو دانتوں سے کاٹا اور پھر اسے فٹ پاتھ پر پھینک دیا۔ میرے منھ میں پانی بھر آیا۔ کبھی سوچا بھی نہ تھا کہ مجھے اس طرح سڑک سے اُٹھا کر کچھ کھانا پڑے گا لیکن پیٹ فریاد کر رہا تھا۔ میں ناشپاتی کے قریب بیٹھ گیا لیکن جب ناشپاتی کی طرف ہاتھ بڑھاتا، کوئی نہ کوئی راہ گیر وہاں سے گزرتا اور میں مارے شرم کے ہاتھ پیچھے کھینچ لیتا۔

اتنے میں اچانک میرے پیچھے ایک مکان کا دروازہ کھلا اور ایک ملازم نے مجھ سے کہا: "مہربانی کر کے اندر آ جاؤ۔"

میں کچھ حیران سا مکان میں داخل ہو گیا۔ یہ ایک شان دار مکان تھا بلکہ شاہانہ کہنا زیادہ مناسب ہو گا۔ مجھے ایک کمرے میں لے جایا گیا جہاں دو ادھیڑ عمر آدمی

صوفوں پر بیٹھے تھے۔ ایک نے ملازم کو جانے کا اشارہ کیا۔ میں حیران پریشان کہ ان امیر لوگوں نے مجھ جیسے بد حال کو کیوں بلایا ہے؟

مجھے بعد میں پتا چلا کہ یہ دونوں بھائی تھے اور ان میں ایک بحث بہت دنوں سے چل رہی تھی اور اُنھوں نے اس بحث کا فیصلہ کرنے کے لیے ایک شرط رکھی تھی۔ بحث یہ تھی کہ اگر کسی ایمان دار اور ذہین نوجوان کو، جو بہت ہی غریب ہو اور لندن میں اجنبی ہو، دس لاکھ پاؤنڈ کا نوٹ دے دیا جائے تو کیا ہو گا؟ ایک بھائی کا خیال تھا کہ وہ بھوکا مر جائے گا یا لُٹ جائے گا۔ کیوں کہ یا تو کوئی اسے دھوکا دے کر وہ نوٹ ہتھیا لے گا یا اس کی غریبی کو دیکھ کر یقین نہیں کرے گا یہ نوٹ اس کا ہے اور پھر چور سمجھ کر اسے پولیس کے حوالے کر دے گا۔ یہ بھی ہو سکتا ہے کہ وہ دس لاکھ کا نوٹ لے کر پھرتا رہے اور اسے کھانے کو کچھ نہ ملے، کیوں کہ کسی دکان دار کے پاس اس نوٹ کی ریز گاری نہیں ہو گی۔ وہ نوٹ کہاں بھنائے گا؟ لیکن دوسرے بھائی کا خیال تھا کہ اگر آدمی ذہین ہو تو اپنے دماغ سے ایسی تدبیر سوچے گا کہ ایک مہینے میں اسی دس لاکھ سے نہ صرف اچھی زندگی گزارے گا بلکہ کچھ منافع بھی کما لے گا۔ اس بات پر بحث اتنی بڑھی کہ دونوں نے بیس ہزار پاؤنڈ کی شرط رکھ لی اور ایک ایسے ذہین اور ایمان دار لیکن غریب نوجوان کی تلاش شروع کر دی جو لندن میں اجنبی بھی ہو۔

اُس زمانے میں بینک آف انگلینڈ نے دس دس لاکھ پاؤنڈ کے دو نوٹ جاری کیے تھے، جن میں سے ایک تو منسوخ کر دیا گیا تھا اور دوسرا ابھی بینک کے پاس تھا۔ اس نوٹ کے بارے میں لوگوں کا خیال تھا کہ یہ چل نہیں پائے گا، کیوں کہ اسے بازار

میں استعمال کرنا ممکن ہی نہیں، اکثر لوگ اس نوٹ کے بارے میں بحث کرتے رہتے تھے۔ ان امیر بھائیوں میں بھی یہ بحث شروع ہوگئی تھی۔ آخر اُنھوں نے شرط رکھی اور بینک سے وہ نوٹ دس لاکھ پاؤنڈ دے کر حاصل کرلیا۔ اب انھیں ایسے نوجوان کی تلاش ہوئی جو ذہین، غریب اور ایمان دار ہو اور لندن میں اجنبی بھی ہو۔ آخر ایک دن انھیں میں فٹ پاتھ پر بیٹھا نظر آگیا اور اُنھوں نے مجھے ملازم کے ذریعے اندر بلوالیا۔

ہاں، تو میں کیا کہہ رہا تھا؟ خوب یاد آیا۔ میں حیران تھا کہ ان لوگوں نے مجھے یہاں کیوں بلایا ہے۔ ملازم کے جانے کے بعد اُنھوں نے مجھ سے بہت دیر تک طرح طرح کے سوال کیے۔ وہ یہ اطمینان کر رہے تھے کہ میں غریب، ذہین، ایمان دار اور لندن میں نیا ہوں کہ نہیں۔ آخر اُنھوں نے مجھے ایک لفافہ دیا۔ میں نے ان سے پوچھا کہ اس لفافے میں کیا ہے اور وہ مجھ سے کیا چاہتے ہیں، تو اُنھوں نے کہا کہ ان باتوں کا جواب تمھیں لفافے کے اندر ملے گا۔ میں نے لفافہ کھولنا چاہا تو اُنھوں نے مجھے روک دیا اور کہا کہ اسے یہاں سے کچھ دور جا کے کھولنا اور جلد بازی مت کرنا۔ اس کے بعد اُنھوں نے ملازم کو بلا کر کہا کہ اسے باہر تک چھوڑ آؤ۔ میرا خیال تھا کہ یہ کوئی مذاق ہے، کیوں کہ میں اس وقت تک دس لاکھ کے نوٹ اور شرط کے بارے میں کچھ نہیں جانتا تھا۔

بہر حال، میں نے باہر آکر لفافہ جیب میں ٹھونسا اور ناشپاتی ڈھونڈنے لگا، کیوں کہ بھوک کے مارے میرا بُرا حال تھا لیکن ناشپاتی وہاں سے غائب ہو چکی تھی۔ میں ایک ٹھنڈی سی سانس لے کر آگے بڑھا اور کچھ دور جا کر لفافہ کھولا تو اس میں ایک

نوٹ نظر آیا۔ یہ دیکھے بغیر کہ نوٹ کتنے کا ہے، میں ایک ریستوران میں گھس گیا۔ جب میں نے اتنا کھالیا کہ مزید کھانے کی گنجائش نہیں رہی تو جیب میں سے نوٹ نکالا اور اسے پہلی بار غور سے دیکھا۔ دیکھتے ہی میرے ہاتھوں کے توتے اُڑ گئے۔ پہلے میں سمجھا کہ شاید زیادہ کھالینے سے میری طبیعت خراب ہو گئی ہے لیکن ایسی کوئی بات نہ تھی، وہ نوٹ، جی ہاں، آپ صحیح سمجھے، وہ نوٹ دس لاکھ پاؤنڈ کا تھا!

کچھ دیر بعد جب میرے اوسان بحال ہوئے تو میں سوچنے لگا کہ اب مجھے کیا کرنا چاہیے، ظاہر ہے کہ اس معمولی سے ریستوران والے کے پاس دس لاکھ کی ریز گاری تو ہونے سے رہی۔ میں اٹھا اور کاؤنٹر پر جا کر لاپروائی سے بولا: "مہربانی کر کے اس کی ریز گاری دے دیجیے اور ہاں، کھانے کے پیسے بھی کاٹ لیجیے۔"

ریستوران کا مالک ایک بوڑھا شخص تھا۔ اس کا نام ہیرس تھا۔ دس لاکھ کا نوٹ اس نے اپنی زندگی میں نہیں دیکھا تھا۔ وہ پھٹی پھٹی آنکھوں سے اسے دیکھتا رہا۔ پھر ہلکی سی آواز میں بولا: "جناب عالی! میرے پاس اس کی ریز گاری نہیں ہے۔"

"میرے پاس ٹوٹے ہوئے پیسے نہیں اور آپ اُدھار کریں گے نہیں۔ کسی اجنبی کا کون اعتبار کرے گا؟"

"ارے نہیں جناب۔" ہیرس جلدی سے بولا۔ "آپ جو چیز چاہیں لے لیں بلکہ جب بھی دل چاہے یہاں آکر کھانا کھالیجیے۔ پیسوں کی کوئی بات نہیں۔ آپ جیسے امیر آدمی ہمارے گاہک ہوں، ہمارے لیے یہی بڑی بات ہے۔"

جب میں نے بہت ضد کی تو وہ کہنے لگا: "جناب، کیوں مذاق کرتے ہیں اور ہاں یہ پرانے کپڑے پہن کر اس طرح گھومنا پھرنا آپ کی شان کے خلاف ہے۔"

اتنے میں ایک گاہک ریستوران میں داخل ہوا۔ ہیرس نے مجھے آنکھ سے اشارہ کیا کہ نوٹ جیب میں رکھ لو۔ میں نے خیریت اسی میں سمجھی کہ جلدی سے وہاں سے نکل لوں۔ باہر آکر میں سیدھا اسی مکان کی طرف چلا جہاں سے یہ نوٹ مجھے ملا تھا۔ میرا خیال تھا کہ اُنھوں نے دس پاؤنڈ کے بجائے غلطی سے مجھے دس لاکھ پاؤنڈ کا نوٹ دے دیا۔ اس وقت تک مجھے ان بھائیوں کی شرط کا علم نہ تھا۔ میں خاصا گھبرایا ہوا تھا اور سوچ رہا تھا کہ جب انھیں پتا چلا ہوگا کہ ان سے کیا حماقت ہوگئی ہے تو اُنھوں نے پولیس کو اطلاع دے دی ہوگی اور اس سے پہلے کہ پولیس مجھے پکڑلے، خود ہی یہ نوٹ ان کے حوالے کر دینا چاہیے۔

لیکن جب میں اس مکان پر پہنچا تو مجھے بڑی حیرت ہوئی کیوں کہ وہاں بالکل سناٹا تھا۔ میں نے سوچا کہ شاید انھیں ابھی اپنی غلطی کا احساس نہیں ہوا۔ ڈرتے ڈرتے دروازہ کھٹکھٹایا تو وہی نوکر باہر نکلا جو مجھے پہلے اندر لے گیا تھا۔ میں نے ان بھائیوں کے بارے میں پوچھا تو وہ بولا: "وہ تو چلے گئے۔"

"چلے گئے؟ کہاں چلے گئے؟" میں نے پوچھا۔

"ملک سے باہر چلے گئے ہیں اور ایک مہینے بعد آئیں گے۔" نوکر نے اطمینان سے جواب دیا۔

"کیا؟ ایک مہینہ؟ کسی طرح ان سے رابطہ کرو۔ مجھے ان سے ضروری بات کرنی ہے۔" میں نے کہا۔

"مجھے نہیں معلوم کہ وہ کہاں گئے ہیں لہٰذا رابطے کا سوال ہی پیدا نہیں ہوا۔" نوکر نے جواب دیا۔

"بات یہ ہے کہ ایک غلطی ہو گئی ہے، جس سے بڑی گڑ بڑ ہو سکتی ہے۔ اگر وہ آجائیں یا ان کا فون یا خط آئے تو انھیں بتا دینا کہ میں آیا تھا۔ وہ پولیس کو خبر نہ کریں۔ ان کی چیز محفوظ ہے۔ میں دوبارہ بھی آؤں گا۔"

میں نوکر کو بتانا نہیں چاہتا تھا کہ اس کے مالکوں نے کیا غلطی کی ہے۔ ظاہر ہے کہ دس لاکھ کا معاملہ ہر ایک کے سامنے تو نہیں رکھا جا سکتا لیکن اس کے جواب نے مجھے حیران کر دیا۔ اس نے کہا: "اگر وہ آگئے یا ان کا فون آیا تو میں انھیں بتا دوں گا لیکن جاتے ہوئے وہ کہہ گئے تھے کہ اگر وہ لڑکا یعنی تم دوبارہ آؤ تو میں تم سے کہہ دوں کہ کوئی غلطی یا گڑبڑ نہیں ہوئی اور وہ ٹھیک ایک مہینے بعد تم سے اسی جگہ ملیں گے۔"

یہ سن کر ظاہر ہے میرا وہاں ٹھہرنا بے کار تھا لیکن میرا ذہن کام نہیں کر رہا تھا۔ وہ ٹھیک ایک مہینے کے بعد مجھ سے ملیں گے، اسی جگہ، نوکر کے یہ الفاظ مجھے چکرا رہے تھے۔ میں نے لفافہ دوبارہ کھولا۔ اس میں ایک کاغذ نظر آیا۔ یہ ایک خط تھا۔ اس میں لکھا تھا۔

"تم ایک ایمان دار اور ذہین آدمی ہو اور ہمارے خیال میں اجنبی اور غریب بھی ہو۔ دس لاکھ کا نوٹ جو اس لفافے میں ہے، تمھیں قرض کے طور پر دیا جا رہا ہے، ٹھیک ایک مہینے بعد ہمارے مکان پر آجانا۔ میں نے اپنے بھائی سے شرط لگائی ہے۔ اگر تم ایک ماہ بعد دس لاکھ پاؤنڈ لے کر آگئے تو میں شرط جیت جاؤں گا اور انعام کے طور پر تمھیں ایک بہت اچھی ملازمت دوں گا۔"

میں ایک باغ میں جا کر بیٹھ گیا اور اس معاملے پر سوچ بچار کرنے لگا۔ مجھے ایک

اچھی ملازمت کی شدید ضرورت تھی کیوں کہ میرے پاس اپنے وطن واپس جانے کے لیے پیسے نہ تھے۔ اگر میں اس شخص کی شرط جیتنے میں مدد کروں تو میرا یہ مسئلہ حل ہو جائے گا۔ میں نے طے کر لیا کہ میں ایک مہینے بعد دس لاکھ پاؤنڈ لے کر اس شخص کے پاس جاؤں گا لیکن یہ ایک مہینہ کیسے اور کہاں گزاروں گا؟ نہ رہنے کو ٹھکانا، نہ پیٹ میں روٹی اور بدن پر پھٹے پرانے کپڑے! مزے کی بات یہ کہ جیب میں دس لاکھ پاؤنڈ کا نوٹ پڑا تھا لیکن وہ میرے کسی کام کا نہ تھا۔ اگر میں اسے خرچ کرنے کی کوشش کرتا تو مجھے پولیس کے حوالے کر دیا جاتا۔ لہٰذا میرے لیے بہتر یہی تھا کہ میں نوٹ کو محفوظ رکھوں اور کسی طرح ایک مہینہ گزارنے کی کوشش کروں۔

یہ سوچ کر میں اُٹھا اور اس فکر میں سڑکیں ناپنے لگا کہ یہ ایک مہینہ کیسے گزارا جائے۔ اچانک میری نظر کپڑوں کی ایک دکان پر پڑی۔ میں نے سوچا کہ کچھ موٹے جھوٹے کپڑے خریدنے چاہییں مگر میں یہ کپڑے کیسے خریدوں گا؟ میرے پاس ہے ہی کیا، سوائے دس لاکھ پاؤنڈ کے نوٹ کے؟ اپنے اس خیال میں مجھے خود ہی ہنسی آگئی۔ آخر میں نے فیصلہ کیا کہ مجھے اپنا حلیہ ٹھیک کرنا چاہیے، چاہے اس کے لیے مجھے قرض ہی کیوں نہ لینا پڑے۔ ایک ماہ بعد مجھے ملازمت ملنے والی تھی جس سے میں اپنا قرضہ اُتار سکتا تھا۔

میں ہمت کر کے کپڑوں کی اس دکان میں داخل ہو گیا۔ مجھے معلوم تھا کہ ہر دکان پر کچھ نہ کچھ ایسا مال ہوتا ہے جس میں معمولی نقص ہوتا ہے اور ایسے نقص والے مال کو دکان دار سستا بیچ دیتے ہیں۔ میں نے دکان دار سے کسی ایسے ہی جوڑے

کا پوچھا۔ اس نے مجھے ایک جوڑا دیا جسے میں نے دکان کے کونے میں بنے ہوئے چھوٹے سے کمرے میں جا کر پہن لیا۔ کپڑے کچھ ڈھیلے ڈھالے سے تھے لیکن میرے پھٹے پرانے کپڑوں سے بہت بہتر تھے۔ میں نے اُنھیں لے لیا اور دکان دار سے کہا: "میرے پاس ٹوٹے پیسے نہیں ہیں۔ بس ایک بڑا نوٹ ہے۔ اگر آپ پسند کریں تو کچھ ٹھہر جائیں۔ میں آپ کو بعد میں پیسے دے دوں گا۔"

دکان دار نے مجھے گھور کر دیکھا۔ وہ مجھے کوئی اُچکا خیال کر رہا تھا۔ بولا: "تمہارے پاس جتنا بڑا بھی نوٹ ہو گا، اس کی ریز گاری مل جائے گی۔"

میں نے دس لاکھ کا نوٹ نکال کر آرام سے اس کے ہاتھ پر رکھ دیا۔ اسے دیکھتے ہی وہ اچھل پڑا۔ میں نے مسکرا کر کہا: "انسان کو چاہیے کہ وہ کسی کی ظاہری حالت پر نہ جائے۔"

"میں معافی چاہتا ہوں، جناب۔ لیکن آپ کا حلیہ ہی کچھ ایسا تھا اور پھر آپ نے سستے کپڑے خرید کر اور بھی غضب کیا۔ آیئے میں آپ کو بڑھیا کپڑے دکھاتا ہوں۔ پیسوں کی فکر نہ کریں۔ جب جی چاہے، دے دینا۔"

قصہ مختصر جب میں اس دکان سے نکلا تو ایک انتہائی نفیس اور مہنگا سوٹ پہنے ہوئے تھا اور اس کے بعد سارے کام آسان ہوتے گئے، میں جہاں بھی جاتا، دس لاکھ کا نوٹ دکھا کر جو چاہتا لے لیتا۔ اب میرا حلیہ ہی ایسا تھا جیسے میں کسی رئیس کی اولاد ہوں۔ میں اب ایک مہنگے ہوٹل میں ٹھہرا ہوا تھا۔ لوگ مجھے آسانی سے چیزیں اُدھار دے دیتے۔

کبھی کبھار میں ہیرس کے پاس بھی چلا جاتا جس نے سب سے پہلے مجھے ادھار

کھانا کھلایا تھا۔ اب میں اس کی مدد کر رہا تھا۔ کیوں کہ میرے وہاں جانے سے اس کا ریستوران خوب چلنے لگا تھا۔ لوگ کہتے کہ یہاں بڑے بڑے امیر لوگ کھانا کھانے آتے ہیں۔ اس کا کھانا ضرور اچھا ہو گا۔ چند روز بعد جب ہیرس کو ریستوران سے بہت زیادہ آمدنی ہونے لگی تو اس نے مجھے کچھ رقم زبردستی ادھار دے دی۔ اب میں آہستہ آہستہ مشہور ہونے لگا تھا۔ اخباروں میں میرا ذکر آنے لگا تھا کہ امیر لوگ مجھ سے ملنے میں خوشی محسوس کرتے ہیں۔

لیکن مجھے اندازہ تھا کہ میں تباہی کے راستے پر چل نکلا ہوں اور اگر ایک مہینہ پورا ہونے سے پہلے میں نے تھوڑی بہت دولت اکٹھی نہ کی تو اتنے سارے لوگوں کا قرضہ چکانا میرے لیے ممکن نہ ہو گا۔ پہلے مجھے دس لاکھ واپس کرنے تھے۔ پھر کہیں جا کر مجھے ملازمت ملتی لیکن کیا میری تنخواہ اتنی ہو گی کہ ان ہوٹلوں اور دکانوں کی رقم میں آسانی سے ادا کر دوں؟ یہ سوچ سوچ کر میں کڑھتا رہتا۔ آخر میں نے ارادہ کر لیا کہ اپنی اس عزت اور شہرت سے فائدہ اٹھا کر کوئی ایسا کاروبار شروع کیا جائے جس سے سارے مسئلے حل ہو جائیں۔ یہ سوچ کر میری کچھ ڈھارس بندھی۔

کرنا خدا کا کیا ہوا کہ میں اپنے ملک امریکا میں جس کمپنی میں ملازمت کرتا تھا اس کا مالک مسٹر لائیڈ کسی کاروبار کے سلسلے میں لندن آیا اور ایک ریستوران میں میری اس سے ملاقات ہو گئی۔ وہ مجھے دیکھ کر بہت حیران ہوا۔ جب میں نے اسے بتایا کہ ان دنوں لندن میں جس دس لاکھ کے نوٹ کا چرچا ہے، اس کا مالک میں ہی ہوں تو وہ اچھل پڑا۔ بولا: "یہ تو میں بعد میں پوچھوں گا کہ تمھارے پاس اتنی دولت کہاں سے آئی۔ پہلے تم وعدہ کرو کہ تم میری مدد کرو گے۔"

"آپ کمال کرتے ہیں۔" میں بولا۔ "آپ اتنے امیر آدمی ہیں، چاندی کی کئی کانوں کے مالک ہیں اور مجھ سے مدد مانگ رہے ہیں ؟"

"میں کانوں کا مالک ضرور ہوں مگر اب میں امیر نہیں۔" اس نے اُداسی سے کہا: "دراصل میرا کاروبار بہت عرصے سے نقصان میں جارہا تھا جسے میں چھپاتا رہا۔ میرے پاس جو جمع جتھا تھا وہ قرضے ادا کرنے میں ختم ہوگیا۔ اب میرے پاس صرف چاندی کی کانیں ہیں۔ میں ان کا کچھ حصہ فروخت کرنا چاہتا تھا لیکن امریکا میں میری ساکھ خراب ہو چکی ہے۔ وہاں کوئی بھی میری کانوں میں حصے دار بننے کو تیار نہیں۔ میں لندن اسی غرض سے آیا تھا کہ یہاں کوئی نہ کوئی سرمایہ دار میری کانوں میں رقم لگانے کے لیے تیار ہو جائے گا لیکن یہاں بھی کوئی مجھ سے کانوں کے حصے خریدنے کے لیے تیار نہیں ہو رہا۔"

"معاف کیجیے گا۔ ایک اجنبی کے کاروبار میں بھلا کوئی کیسے رقم لگا سکتا ہے؟" میں نے کہا۔ "اور وہ بھی اس صورت میں کہ آپ کی کانیں امریکا میں ہیں۔ بھلا کون اعتبار کرے گا کہ وہاں آپ کی کانیں ہیں اور ان سے نکلنے والی چاندی میں سے آپ اسے منافع بھی دیں گے۔ اگرچہ مجھے معلوم ہے کہ آپ ایک شریف اور ایمان دار آدمی ہیں اور آپ کی کانیں عمدہ قسم کی چاندی کے لیے مشہور ہیں لیکن۔۔۔"

"یہی تو میں کہنا چاہ رہا ہوں۔" وہ میری بات کاٹ کر بولا: "تم مجھے اچھی طرح جانتے ہو۔ میرے کانوں میں تم کیوں نہیں حصے دار بن جاتے ؟"

"جی، میں ؟" میں نے سٹپٹا کر کہا۔

"ہاں، ہاں، تم دس لاکھ تو تم ہر وقت جیب میں لیے پھرتے ہو۔" اس نے مسکرا

کر کہا۔

اب میں اس سے کیا کہتا کہ میری دولت کی اصلیت کیا ہے۔ مجھے خاموش دیکھ کر اس نے کہا: "کس سوچ میں پڑ گئے؟ میں تمھیں کانوں کے حصے بہت سستے دے دوں گا کیوں کہ مجھے رقم کی شدید ضرورت ہے۔ میں امریکا سے جو رقم لایا تھا، وہ ختم ہونے والی ہے اور یہاں میرا کوئی واقف نہیں ہے۔ صرف تم میری مدد کر سکتے ہو۔ اگر تم کانوں میں حصے داری نہیں چاہتے تو میری اتنی مدد تو کر دو کہ لندن میں اپنے جاننے والوں سے میرا تعارف کرا دو۔"

اس کی بات سن کر میرے ذہن میں ایک ترکیب آئی۔ میں نے کہا: "مسٹر لائیڈ اگر میں لندن میں آپ کی کانوں کے حصے اچھی قیمت پر فروخت کرا دوں تو آپ مجھے کیا دیں گے؟"

"میں تمھیں کانوں کا ایک چھوٹا سا حصہ دے سکتا ہوں، کیوں کہ مجھے معلوم ہے کہ تم لندن کے امیر لوگوں میں اُٹھتے بیٹھتے ہو۔ تمھاری ضمانت پر وہ میری کانوں کے حصے خرید لیں گے۔"

"آپ فکر نہ کریں۔ میں آپ کو بھی جانتا ہوں اور آپ کی کانوں سے بھی واقف ہوں۔ میں آپ کی ضمانت دے دوں گا لیکن مجھے کانوں میں حصہ نہیں چاہیے۔ بس آپ کانوں کی فروخت سے حاصل ہونے والی رقم کا ایک فیصد مجھے دے دیجیے گا۔ آپ کی کانوں کی مالیت کیا ہے، اور آپ کتنا حصہ بیچنا چاہتے ہیں؟" میں نے پوچھا۔

"میری کانیں کم از کم پچاس لاکھ پاؤنڈ کی تو ہوں گی اور میں ان کا آدھا حصہ

بیچنا چاہوں گا۔" مسٹر لائیڈ نے جواب دیا۔

"یعنی ۵۲ لاکھ پاؤنڈ۔" میں نے کہا۔ "اس کا ایک فیصد ۵۲ ہزار پاؤنڈ بنتا ہے۔ یہ رقم میں آپ کی ضمانت دینے کے عوض لوں گا۔ کہیے منظور ہے؟"

"منظور ہے۔" وہ اُچھل کر بولا۔

مسٹر لائیڈ کی کانیں میری ضمانت پر آسانی سے بک گئیں۔ میں نے لوگوں کو یقین دلایا کہ اس کی کانیں پچاس لاکھ سے کہیں زیادہ کی ہیں اور یہ حقیقت بھی تھی۔ مسٹر لائیڈ نے مجھے ۵۲ ہزار پاؤنڈ دے دیے اور خوشی خوشی امریکا روانہ ہو گیا۔ ادھر میں نے ۵۲ ہزار پاؤنڈ سے اپنے سارے قرضے چکا دیے اور پھر بھی میرے پاس خاصی رقم بچ گئی۔ اب لوگوں کا مجھ پر اعتبار اور بڑھ گیا۔ میں اسی ہوٹل میں رہتا رہا اور بے چینی سے ایک ماہ پورا ہونے کا انتظار کرنے لگا۔ اگر شرط جیتنے پر وہ شخص مجھے کوئی اچھی سی ملازمت نہ بھی دیتا تو میرے پاس اتنے پیسے تھے کہ میں آسانی سے امریکا واپس جا سکتا تھا۔

آخر وہ تاریخ بھی آ گئی جب مجھے دس لاکھ کا نوٹ واپس کرنا تھا۔ میں نے ایک شاندار سوٹ پہنا اور ٹیکسی میں سوار ہو کر بڑے ٹھاٹ سے ان بھائیوں کے گھر پہنچا۔ مکان کا دروازہ اسی ملازم نے کھولا۔ کمرے میں وہ دونوں بھائی موجود تھے۔ میرا شاندار سوٹ دیکھ کر وہ مسکرائے اور ایک بھائی نے کہا: "لگتا ہے، میں شرط جیت گیا ہوں۔ کیا تمھارے پاس دس لاکھ کا نوٹ ہے؟"

"جی، جناب۔" یہ کہہ کر میں نے نوٹ نکال کر اسے دے دیا۔

"میں جیت گیا!" اس نے خوشی سے کہا اور اپنے بھائی کی طرف دیکھا: "نکالو

۲۰ ہزار پاؤنڈ۔"

"کمال ہے!" کہیں ایسی بات تو نہیں کہ تم نے کوئی گڑبڑ کی ہو؟" اس کے بھائی نے کہا۔

"ہر گز نہیں، جناب۔" میں نے کہا اور جیب سے نوٹوں کی گڈی نکال کر انھیں دکھائی۔ "یہ ہے وہ رقم جو ایک مہینہ آرام سے بسر کرنے کے بعد بھی بچ گئی ہے۔"

"بہت خوب! اگر تم چاہو تو میرے پاس ایک بہت اچھی ملازمت ہے اور اگر تمھیں ملازمت پسند نہیں تو اس کے عوض میں تمھیں شرط کی آدھی رقم یعنی ۱۰ ہزار پاؤنڈ دینے کو تیار ہوں۔" شرط جیتنے والے بھائی نے کہا۔

میں نے چند لمحے غور کیا اور شرط کی آدھی رقم یعنی دس ہزار پاؤنڈ لے لیے۔ اب میں آرام سے اپنے وطن امریکا واپس جا سکتا تھا اور کوئی چھوٹا موٹا کام بھی شروع کر سکتا تھا، اور میں نے ایسا ہی کیا۔ میں اپنے دوست اور محسن ہیرس کو آج بھی نہیں بھولا۔ اسے خط لکھتا رہتا ہوں۔

***

۴

جادو والا شربت

مصنف: الن میکڈونلڈ

ترجمہ: گل رعنا

فارس وہ کام کر رہا تھا جو اسے سب سے زیادہ پسند تھا۔ وہ اپنے بستر میں گھسا جاسوسی ناول پڑھ رہا تھا۔ ناول نہایت سنسنی خیز موڑ پر پہنچ چکا تھا۔ جب اچانک کمرے کا دروازہ کھلا اور فارس کی امی کمرے میں داخل ہوئیں۔ "فارس! تم کمرے میں گھسے کیا کر رہے ہو؟"

"کچھ بھی نہیں امی! کتاب پڑھ رہا ہوں۔" اس نے جواب دیا۔

"لیکن ابھی شام کے صرف چھ بجے ہیں۔ تم باہر جا کر اپنے دوستوں کے ساتھ کھیلتے کیوں نہیں؟"

"نہیں امی! میں اپنی کتاب ختم کرنا چاہتا ہوں۔" فارس نے منہ بسورا۔

"دیکھو! اتنا اچھا موسم ہو رہا ہے۔ تم پارک جا کر فٹ بال کھیل سکتے ہو۔" امی نے اصرار کیا۔

"نہیں! مجھے کمرے میں لیٹ کر کتاب پڑھنے میں زیادہ مزا آئے گا۔"

اس کی امی نے لمبا سانس کھینچا: "تم اپنی زندگی اس طرح کمرے میں چھپ کر نہیں گزار سکتے فارس! یہ کوئی اچھی بات نہیں ہے۔ لوگوں کا سامنا کرنا چاہیے، ان سے دوستی کرنی چاہیے اور سب سے گھل مل کر رہنا چاہیے۔"

"کیوں امی! کیا کتاب پڑھنا اچھا مشغلہ نہیں ہے؟" فارس نے کہا۔

"بالکل ہے، لیکن میں تو تمھیں یہ سمجھا رہی تھی کہ لوگوں سے کٹ کر رہنا اچھا نہیں ہے۔ لیکن تمھیں کچھ سمجھانا بے کار ہے۔ جو جی میں آئے کرو۔" امی نے ناراض لہجے میں کہا اور باہر چلی گئیں۔

اگلے دن کا آغاز کچھ خوش گوار نہیں تھا۔ اسکول بَس بھری ہوئی تھی۔ اس کے بہترین دوست سام نے ہاتھ ہلایا مگر اس کے ساتھ والی سیٹ پر کوئی اور بیٹھا ہوا تھا۔ بس کی واحد خالی سیٹ ڈنکن کے برابر میں موجود تھی۔ ڈنکن عمر میں فارس سے بڑا اور نہایت بد تمیز بچہ تھا۔ وہ اسکول میں چھوٹے بچوں کو مار پیٹ کر ان کا لنچ چھین لیتا تھا۔ چھوٹے بچوں کا بازو مروڑنے میں اُسے خاص مہارت حاصل تھی۔ فارس نے ظاہر کیا، جیسے اُسے خالی نشست نظر نہیں آئی لیکن ڈنکن نے اسے دیکھ لیا۔

"یہاں جگہ خالی ہے منے! یہاں آجاؤ! میں کوئی تمھیں کھا نہیں جاؤں گا۔" اس نے آواز لگائی۔

فارس کو مجبوراً بیٹھنا پڑا۔ اسے منا کہلائے جانے سے نفرت تھی۔ ڈنکن نے اس کے بیگ کی طرف اشارہ کرتے ہوئے پوچھا: "اس میں تمھارا لنچ ہے؟"

"نہیں۔۔۔" فارس نے جھوٹ بولا۔ "میں سکول کی کینٹین سے لنچ کرتا

ہوں۔" ڈنکن نے سر ہلایا اور کھڑکی سے باہر دیکھنے لگا۔ پھر اچانک ہی اس نے فارس کے بیگ پر جھپٹا مارا۔ فارس نے بیگ چھڑانے کی کوشش کی مگر ڈنکن نے اُسے زور سے کہنی ماری۔ فارس کی آنکھوں میں غصے اور تکلیف سے آنسو آگئے۔ ڈنکن نے اس کا بیگ کھول کر لنچ بکس نکال لیا۔ "اوہو! آج شاید تمھاری امی بھول گئیں کہ تم کینٹین سے لنچ کرتے ہو۔" بَس میں موجود تمام لوگ اب فارس اور ڈنکن کی طرف دیکھ رہے تھے۔ ڈنکن نے سینڈوچ سونگھ کر بُرا سا منھ بنایا اور واپس رکھ دیے لیکن پھر اس کی نظر چاکلیٹ پر پڑی۔ "سینڈوچ تو میری پسند کے نہیں، میں یہ چاکلیٹ کھالیتا ہوں۔" اس نے چاکلیٹ کا کاغذ اُتارتے ہوئے کہا۔

"یہ میری ہے، مجھے واپس دو۔" فارس نے بے چارگی سے کہا۔ ڈنکن مسکرایا اور چاکلیٹ کھانی شروع کر دی۔ "ہوں! بُری نہیں ہے۔۔۔ منے! تم کل میرے لیے ایسی ہی چاکلیٹ دوبارہ لانا۔ سمجھ گئے؟" فارس نے منھ پھیر لیا۔ اگر وہ جاسوسی ناول کا ہیرو ہوتا تو ابھی مار مار کر ڈنکن کا بُھرکس نکال دیتا۔ اس نے بے بسی سے سوچا۔ بَس سے نیچے اُترتے ہی اس کا دوست سام اس کے پیچھے لپکا۔ "فارس! آج تمھارے ساتھ ڈنکن نے بہت زیادتی کی۔"

"ہوں۔۔۔ وہ انتہائی شیطان ہوتا جارہا ہے۔"

"ہوں۔۔۔ میں شرطیہ کہہ سکتا ہوں کہ اگر ایک دفعہ کوئی اس کے سامنے ڈٹ کر کھڑا ہو جائے تو یہ بچوں کی طرح رونے لگے گا۔" فارس چلتے، چلتے رُک گیا۔ "اچھا! میں نے تمھیں تو کبھی اتنا بہادر نہیں پایا۔" سام کچھ حیران سا رہ گیا۔ "لیکن بھلا میں کیا کر سکتا ہوں؟ میں تو صرف یہ کہہ رہا تھا کہ۔۔۔"

"ٹھیک ہے! اگر تم کچھ کر نہیں سکتے تو پھر کچھ کہو بھی مت! یہاں سب کا یہی تو مسئلہ ہے۔ کوئی کچھ کر ہی تو نہیں سکتا۔" فارس ایک دم پھٹ پڑا۔ سام خاموش ہو گیا۔ اسے فارس کی بات سے تکلیف پہنچی تھی۔ فارس کو بھی بعد میں افسوس ہوا لیکن وہ خود نہیں جانتا تھا کہ اس نے یہ بات کیوں کہی۔ وہ غصے میں تھا۔ اُسے ڈنکن پر غصہ تھا۔ بلکہ اسے اپنے آپ پر بھی غصہ تھا۔ آخر وہ اتنا بزدل اور کمزور کیوں ہے؟ فارس کی مِس کے پاس ایک نئی خبر تھی۔ اسکول کی سالانہ تقریب میں ایک ڈرامہ منعقد ہو رہا تھا۔ فارس عام طور پر اسکول کے ایسے کسی پروگرام میں حصہ نہیں لیتا تھا لیکن چوں کہ یہ ڈرامہ ایک جاسوسی کہانی پر مبنی تھا۔ اس لیے فارس اسے توجہ سے سننے پر مجبور ہو گیا۔ تصور ہی تصور میں اس نے خود کو ڈرامے کے مرکزی کردار کے روپ میں دیکھا۔ چھٹی کے وقت تک فارس یہ طے کر چکا تھا کہ وہ ڈرامے کے مرکزی کردار کے لیے آڈیشن دے گا لیکن کیسے؟ وہ تو لوگوں کے سامنے دو منٹ کھڑا ہو کر بات بھی نہیں کر سکتا تھا۔ یہی سوچتے، سوچتے وہ اسکول سے گھر جا رہا تھا۔ گھر کے پڑوس میں واقع اپنے انکل کے گھر کے سامنے وہ اچانک ہی رُک گیا۔

اُس کے انکل ایک گم نام سائنس دان تھے۔ آج تک اُن کی کوئی بھی ایجاد منظر عام پر نہیں آسکی تھی اور اس کی وجہ یہ تھی کہ ان کی کوئی ایجاد کبھی مکمل ہی نہیں ہو پائی۔ ایک ایجاد کی خامیاں دور کرتے کرتے انکل اتنا بور ہو جاتے کہ کسی نئی ایجاد کے چکر میں پڑ جاتے اور یوں ان کی ہر ایجاد ادھوری رہ جاتی۔

فارس کو دیکھ کر وہ خوش ہوئے: "فارس بیٹا! کیسے ہو؟ اسکول کیسا جا رہا ہے؟"

"آج تو اسکول مجھے کاٹ کھانے کو دوڑ رہا تھا۔" فارس نے رونی شکل بنائی۔

"بیٹا! اسکول تو تمھیں روز ہی کاٹتا ہے۔ آج کیا خاص بات ہوئی؟" انکل نے چشمہ سر پر رکھتے ہوئے پوچھا۔

"آج بس میں مجھے ایک لڑکے نے مارا اور میری چاکلیٹ بھی چھین لی۔ وہ لڑکا مجھ سے بڑا اور دس گنا طاقتور ہے اور آپ جانتے ہیں۔۔۔ میں نے کیا کیا؟" فارس نے انکل کا تجسس ابھارا۔

"کیا؟" انکل نے بے ساختہ پوچھا۔

"پوری بس مجھے دیکھ رہی تھی اور میں احمقوں کی طرح خاموش بیٹھا رہا۔ کچھ بھی نہیں کر سکا۔" اس نے مٹھیاں بھینچیں۔

"ہوں! یہ تو تم نے بہت عقل مندی کا کام کیا۔ کبھی بھی اپنے آپ سے سو گنا طاقتور لڑکے سے ایک چاکلیٹ کی خاطر جھگڑا مت کرنا۔ ویسے بھی۔۔۔ کیا کسی چاکلیٹ نے آج تک تمھاری خاطر کسی سے جھگڑا کیا ہے؟" انکل مسکرائے۔

"صرف یہی نہیں، بلکہ ہمارے اسکول میں ایک ڈرامہ کھیلا جا رہا ہے۔" فارس نے کندھے اُچکائے۔

"تو اس ڈرامے میں کیا خرابی ہے؟" انکل نے بھنویں اُچکائیں۔

"ڈرامے میں تو کوئی خرابی نہیں ہے، میں اس میں حصہ لینا چاہتا ہوں مگر لے نہیں سکتا۔" فارس نے اپنی بے بسی کا اظہار کیا۔

"اور وہ کیوں بھلا؟" انکل نے پوچھا۔

"میں اتنے سارے لوگوں کے سامنے بولنے سے گھبراتا ہوں اور احمقوں کی طرح ہکلانا شروع کر دیتا ہوں۔ اسی لیے مجھے پتا ہے کہ مجھے اس ڈرامے میں کبھی کام

کرنے کا موقع نہیں دیا جائے گا۔ میں ایک دم بدھو ہوں۔" فارس نے مایوس ہو کر کہا۔

"تو تمھارا خیال ہے کہ تم اس ڈرامے میں حصہ نہیں لے سکتے؟" انکل نے اس کی طرف غور سے دیکھا۔

فارس نے اُداسی سے نہیں میں سر ہلایا۔

"ٹھیک ہے، تم اتوار کو میرے پاس آنا۔ میں شاید تمھاری کچھ مدد کر سکوں۔" انکل نے اس بارے میں مزید گفتگو کرنے کے بجائے اسے اتوار کو آنے کا کہا۔

فارس پورا ہفتہ یہی سوچتا رہا کہ انکل اس کی کس طرح مدد کر سکتے ہیں۔

اتوار کی صبح اس نے انکل کے گھر کی گھنٹی بجادی۔ انکل اُسے لے کر اپنی تجربہ گاہ میں آ گئے۔ میز پر متعدد شیشیاں موجود تھیں۔ ایک میں سبز رنگ کا محلول بھرا ہوا تھا اور دوسری میں سفید پاؤڈر تھا۔ انکل نے دونوں شیشیوں میں سے تھوڑا، تھوڑا محلول اور پاؤڈر نکال کر ایک اور شیشی میں ڈال کر ملایا۔

"یہ۔۔۔! یہ کیا ہے؟" فارس حیرت سے ہکلایا۔

"یہ میری وہ ایجاد ہے جس پر میں نے پورا ہفتہ کام کیا ہے۔ اس کو میں نے "جادوئی شخصیت" کا نام دیا ہے۔" انکل فخر سے مسکرائے۔

"لیکن یہ ہے کیا چیز؟ اور اس کا کام کیا ہے؟" فارس نے مزید حیران ہوتے ہوئے پوچھا۔

"یہ تمھارے اندر موجود اُن چھپی ہوئی صلاحیتوں کو باہر نکال کر لائے گی، جن سے کوئی واقف نہیں ہے۔" انکل نے بتایا۔

سبز محلول کو ہلانے سے اب جھاگ اور بلبلے بن رہے تھے۔ فارس نے بوتل انکل کے ہاتھ سے لے لی اور حیرت سے اسے دیکھنے لگا۔

"آپ کا مطلب ہے کہ اس کو پینے سے میں ڈرامے میں حصہ لینے کے قابل ہو جاؤں گا؟" فارس سوال پہ سوال کیے جا رہا تھا۔

"بالکل۔۔۔! آزمائش شرط ہے۔" انکل مسکرائے۔

پیر کی صبح فارس نے محلول آزمانے کا فیصلہ کیا۔

"آج اسکول میں ڈرامے کے لیے آڈیشن ہے۔ دیکھتا ہوں، یہ محلول میری کیا مدد کرتا ہے!" اس نے شیشی کھول کر پہلے سونگھی، پھر ایک گھونٹ بھرا۔ اس کا ذائقہ ہلکا سا ترش تھا۔ وہ بھاگ کر آئینے کے سامنے گیا اور اپنا جائزہ لینے لگا۔ بظاہر اُسے اپنے آپ میں کوئی تبدیلی نظر نہیں آئی لیکن پتا نہیں کیوں۔۔۔ اُسے آج روزانہ کی طرح اسکول جاتے ہوئے ڈر نہیں لگ رہا تھا۔ ضرور یہ اسی محلول کا کمال ہے کہ اُسے آج بس میں اپنے دوست سام کے ساتھ بیٹھنے کی جگہ مل گئی۔ سام باتیں کر رہا تھا لیکن فارس اپنے خیالوں میں گم تھا۔ کیا وہ دیکھنے میں دوسروں کو مختلف لگ رہا ہو گا؟ سبز محلول کی شیشی اس کی جیب میں تھی۔ "کیا میں روز کے مقابلے میں آج کچھ مختلف لگ رہا ہوں؟" اس نے اچانک سام سے پوچھا تو سام نے حیران ہو کر کہا۔ "نہیں تو۔۔۔! روز کی طرح آج بھی تمھارے تین سر ہیں اور نیلے بال ہیں۔" وہ کھل کھلا کر ہنسا۔ فارس خاموش ہو گیا۔

بریک ٹائم میں فارس اور سام اسکول میں ہونے والے ڈرامے کے بارے میں باتیں کر رہے تھے کہ اچانک سامنے سے ڈنکن آتا دکھائی دیا۔ وہ انھی کی طرف آرہا

تھا۔ فارس کے پاس سوچنے کے لیے وقت نہیں تھا۔ اس نے اپنی جیب میں سے سبز محلول کی شیشی نکالی اور تھوڑا سا محلول حلق سے نیچے اُتار لیا۔ اگر یہ محلول واقعی کام کی چیز ہے تو اُسے اس وقت اس کی شدید ضرورت تھی۔

"منے! میں تم کو ڈھونڈ رہا تھا۔" ڈنکن قریب آتے ہی بولا۔

"اور وہ کیوں؟" فارس نے انجان بنتے ہوئے کہا۔ "میری چاکلیٹ کہاں ہے؟ میں نے تم سے کہا تھا ناں کہ میرے لیے روز چاکلیٹ لے کر آیا کرو؟"

"فارس آج لانا بھول گیا ہے۔" سام نے اپنے دوست کی حمایت میں کہا۔

"تم سے کس نے بات کی چمپو!" ڈنکن نے مُکا لہراتے ہوئے کہا۔ سام دُبک گیا۔

"میری چاکلیٹ نکالو۔ منے!" ڈنکن دوبارہ فارس سے مخاطب ہوا۔

"وہ میرے بیگ میں ہے، لیکن ایک مسئلہ ہے۔" فارس نے کہا۔

"وہ کیا؟" ڈنکن نے ناک چڑھائی۔

"تم وہ لے نہیں سکتے۔" فارس نے کہا اور خود حیران رہ گیا کہ آخر یہ بات کیسے کہہ دی۔ یہ ضرور سبز محلول ہے جو اپنا کام دکھا رہا ہے۔ اُدھر ڈنکن کا منھ کھلا کا کھلا رہ گیا۔ "کیا کہا؟۔۔۔ ذرا دوبارہ کہنا؟" آخر کار اس نے خود پر قابو پاتے ہوئے کہا۔

"میں کہہ رہا ہوں کہ میں اپنی چاکلیٹ تمھیں نہیں دوں گا۔ اب جا کے اپنا راستہ ناپو۔" اب کافی سارے بچوں کی بھیڑ ان کے ارد گرد جمع ہو چکی تھی۔ آج تک کسی نے ڈنکن سے اس طرح بات کرنے کی جرا

ہمت نہیں کی تھی اور وہ دیکھنا چاہتے تھے کہ اب کیا ہوتا ہے۔

فارس چند لمحوں کے لیے خوف زدہ ہوا، لیکن پھر اس نے اپنی جیب میں پڑی شیشی کو غیر ارادی طور پر تھپتھپایا اور ایک عجیب قسم کا حوصلہ محسوس کرنے لگا۔ ڈنکن نے اس کا بازو پکڑ کر مروڑنا شروع کر دیا۔

"بہتر ہو گا کہ تم چاکلیٹ میرے حوالے کر دو۔" وہ چیخا۔

"سوری! ایسا نہیں ہو گا۔ میرا خیال ہے کہ تم چاکلیٹ کھانا چھوڑ دو۔ تمھارے سارے دانتوں میں کیڑا لگ گیا ہے۔" فارس نے بے باک ہو کر کہا۔

"کیا کہا؟" ڈنکن مزید بھپر گیا۔

"تمھارے دانتوں میں کیڑا لگ گیا ہے۔ کالے دانتوں والے ڈنکن!" فارس نے جیسے ہی کہا تو پورا مجمع ہنسنے لگا۔ بچوں کو اپنے کانوں پر یقین نہیں آ رہا تھا۔ اسکول کا سب سے خاموش اور ڈرپوک بچہ، سب سے بد تمیز بچے کے مقابل یوں بہادری سے آ کھڑا ہوا تھا۔ ڈنکن نے اس کا بازو سختی سے مروڑنا شروع کر دیا۔ فارس نے خود کو بمشکل چیخنے سے روکا۔

"فارس کو چھوڑ دو کالے دانتوں والے ڈنکن۔" سام چلایا اور پھر سب بچے شور مچانے لگے۔ "چھوڑو، کالے دانتوں والے، چھوڑو۔" ڈنکن نے سب کی طرف دیکھا۔ اس کا چہرہ سرخ ہو رہا تھا۔ وہ اپنے سے چھوٹے بچوں کو اکیلے میں مارنے کا عادی تھا۔ اتنے بڑے مجمع کا مقابلہ کرنے کی اس میں ہمت نہیں تھی۔ شور کی آواز اُن کے استاد تک بھی پہنچ گئی جو اسی طرف آ رہے تھے۔ ڈنکن نے فارس کا بازو چھوڑا

اور بھاگ کھڑا ہوا۔ فارس اُسے جاتے دیکھتا رہ گیا۔ یہ سب ناقابلِ یقین تھا۔ سبز محلول واقعی اپنا کام دکھا رہا تھا۔ وہ ڈنکن کے مقابلے پر کھڑا ہوا اور صحیح سلامت رہا۔ پھر فارس کو یاد آیا کہ آج ڈرامے کے لیے آڈیشن ہے۔ وہ اسکول کے ہال کی جانب چل پڑا۔

بہت سے لوگ آڈیشن دیکھنے آئے تھے۔ فارس اپنی باری کا انتظار کر رہا تھا۔ اس کی انگلیاں جیب میں موجود بوتل پر تھیں۔ وہ اسکرپٹ پڑھنے سے پہلے اس کو پی لے گا اور پھر کوئی مشکل،۔۔۔ مشکل نہ رہے گی۔ اس نے سوچا۔ اس وقت ڈنکن اسٹیج پر موجود تھا۔ وہ اسکرپٹ کو ایسے پڑھ رہا تھا۔ جیسے موسم کا حال سنا رہا ہو۔ ہال میں قہقہے گونجنے لگے۔ ڈنکن کا موڈ خراب ہو گیا۔

"بیٹھ جایئے ڈنکن، فارس! اب آپ کی باری ہے۔" مس نے کہا۔ فارس نے بوتل کا ڈھکن کھولا اور اسٹیج کی جانب بڑھا لیکن اسٹیج سے اُترتے ہوئے ڈنکن نے اُسے جان بوجھ کر دھکا دیا اور بوتل فارس کے ہاتھ سے گر کر ٹکڑے، ٹکڑے ہو گئی۔ فارس نے خوف زدہ ہو کر اپنے پیروں کے پاس جمع سبز محلول کو دیکھا۔

"جلدی اوپر آیئے فارس! یہ سب آپ کو بعد میں خود صاف کرنا پڑے گا اور آپ کو معلوم نہیں اسکول میں گھر سے جوس کی بوتلیں لانا منع ہے؟" مس نے اُسے ڈانٹا۔

فارس اتنے سارے لوگوں کے سامنے کھڑا تھا اور سبز جادوئی محلول کی بوتل ٹوٹ چکی تھی۔ فارس کی ٹانگیں کانپنے لگیں۔

"اب یہ اسکرپٹ پڑھ کے دکھایئے۔" مس نے کہا۔ فارس کا گلا خشک ہو گیا۔

"اب کیا ہو گا؟" اس نے سوچا اور گلا صاف کیا۔ ایک عجیب سی آواز نکلی اور سب بچے کھل کھلا کر ہنس پڑے۔

"بولو فارس!" سام نے اس کی ہمت بندھائی۔

فارس نے ایک لمحے کے لیے آنکھیں بند کیں اور تصور کیا کہ وہ اپنے پسندیدہ کردار کے ان جملوں کو کیسے ادا کرے گا۔ بالآخر اس نے بولنا شروع کر دیا۔ چند منٹ کے بعد اس نے محسوس کیا کہ ہال میں لوگوں نے ہنسنا بند کر دیا ہے اور سب خاموشی سے اُسے بولتے ہوئے سن رہے ہیں۔ اس کا حوصلہ بلند ہو گیا۔ وہ مزید اعتماد سے اسکرپٹ پڑھنے لگا۔

"بہت خوب فارس! مجھے معلوم نہیں تھا کہ آپ میں اتنی صلاحیتیں پوشیدہ ہیں۔" اس کی مِس نے تعریف کی۔ فارس نیچے اُتر کر سبز محلول اور شیشے کی کرچیاں سمیٹنے لگا۔ چند روز بعد فارس اپنے انکل کے گھر گیا۔

"کیا حال ہیں فارس؟" انھوں نے پوچھا۔

"انکل! آپ واقعی بہت بڑے سائنس دان ہیں۔ آپ کا دیا ہوا سبز محلول شاندار تھا۔" فارس جوش سے بولا۔

انکل ایک لمحے کے لیے حیران ہوئے اور پھر ان کا چہرہ کِھل اُٹھا۔ "اوہ! تو تمھیں اسکول کے ڈرامے کا مرکزی کردار مل گیا؟"

"جی ہاں۔۔۔" پھر فارس نے اسکول میں پیش آنے والے تمام واقعات انکل کو سنائے: "اگرچہ عجیب بات یہ تھی کہ میں نے اس محلول کو پیے بغیر آڈیشن دیا لیکن چوں کہ میں صبح یہ محلول پی چکا تھا، اس لیے شاید اس کے اثرات میرے اندر

باقی تھے۔"

انکل۔۔۔۔فارس کی باتیں سُن کر ہنس پڑے۔

"اس میں ہنسنے کی کیا بات ہے؟" فارس نے حیران ہو کر کہا۔

"کیا میں تمھیں دکھاؤں کہ یہ جادوئی محلول میں نے کیسے بنایا تھا؟۔۔۔۔ایک منٹ ٹھہرو۔" یہ کہہ کر وہ کچن میں چلے گئے۔ جب باہر آئے تو ہاتھ میں دو بوتلیں تھیں۔ ایک میں سبز محلول اور دوسرے میں سفید پاؤڈر تھا۔ انھوں نے فارس کو دونوں کے لیبل دکھائے۔ "کھانے کا سبز رنگ اور سوڈا بائی کاربونیٹ، جس سے محلول میں بُلبُلے بنتے تھے۔ تمھاری آنٹی کیک بنانے میں استعمال کرتی ہیں، میں نے ان ہی دو چیزوں سے 'جادوئی شخصیت' کا محلول تیار کیا تھا۔" فارس بے یقینی کی کیفیت میں بوتلوں کو گھور تا رہ گیا۔

"آپ کا مطلب ہے کہ آپ نے مجھے بے وقوف بنایا تھا۔ یہ کوئی جادوئی محلول نہیں تھا؟" فارس نے بے چینی سے پوچھا۔

انکل نے سر ہلایا۔ وہ ابھی بھی مسکرا رہے تھے۔

"لیکن پھر اس نے مجھے تبدیل کیسے کر دیا؟ مجھ میں اتنی ہمت و حوصلہ کہاں سے آگیا؟" فارس نے حیرانی سے پوچھا۔

"کیوں کہ تمھیں کو اس محلول پر اعتماد تھا لیکن حقیقت تو یہ تھی کہ تم نے اپنے آپ پر اعتماد کرنا شروع کر دیا تھا۔ محلول کا استعمال تو محض ایک نفسیاتی حربہ تھا۔ اس میں کوئی جادو نہیں تھا۔"

"اوہ۔۔۔۔!" فارس بولا۔

فارس انکل کے گھر مزید جادوئی محلول بنوانے آیا تھا لیکن اب اسے پتا چلا کہ اسے اس محلول کی کوئی ضرورت نہیں تھی۔ وہ اپنی شخصیت خود بدلنے پر قادر تھا۔ بس ذرا سے حوصلے اور خود اعتمادی کی ضرورت تھی۔

***

۵

برف کے قیدی

تحریر: فرانس شیل

ترجمہ: نعمان علی

وہ دونوں میاں بیوی روم میں رہتے تھے اور اپنے ساتھیوں کے ساتھ تفریح کی غرض سے آئے ہوئے تھے۔ یہ فروری ۱۹۷۶ء کی بات ہے کہ چالیس سالہ کلاڈیو ٹوریلا اور اس کی بیوی مارٹینا انٹونیٹا نے اپنے دیگر ساتھیوں کے ساتھ سروینیا کی برفیلی تفریح گاہ کا پروگرام بنایا۔ وہاں پہنچ کر پہلا ہفتہ برف پر اسکیٹنگ کرتے ہوئے گزر گیا۔

اتوار کو جب دونوں میاں بیوی نے اپنے پسندیدہ مقام پر رش پایا تو فیصلہ ہوا کہ رسی پر چلنے والی برقی گاڑی میں بیٹھ کر اوپر سے نظارہ کیا جائے اور پھر وہاں سے تصویریں کھینچنے میں منہمک ہو کر وقت کا پتہ ہی نہیں چلا۔ جب ناشتے کی بات ہوئی تو دونوں نے دوپہر کے لیے لفافوں میں بند کھانا لے جانے کا مشورہ دیا اور پھر دیگر افراد سے مل کر بقیہ پروگرام طے پایا۔ پہلے سوئس سرحد کے قریب واقع فورگن

نامی پتھروں کی دیوار پر جایا جائے؟ یا پھر گیارہ ہزار چار سو اسی فٹ اونچائی پر واقع روسا کے میدان کی طرف نکلا جائے جو برف کی چٹانوں سے ڈھکا ہوا ہوگا۔ بالآخر فیصلہ ہوا کہ جہاں رش کم ہو گا وہیں اپنی پکنک منائیں گے۔

جب وہ پہلے فورگن جانے کیلئے کیبل کار تک پہنچے تو معلوم ہوا کہ اس طرف جانے کیلئے کیبل کار عارضی طور پر بند ہے۔ اس طرح سب کا رخ سطح مرتفع روسا کی طرف ہو گیا۔ دوپہر سوا بارہ بجے وہ مناسب جگہ کی تلاش میں پہاڑی کی اونچائی تک پہنچ گئے۔ ایک دوسرے سے کچھ فاصلے پر کھڑے کلاڈیو اور مارٹینا دور پہاڑی پر چڑھتے ہوئے چھ افراد کو دیکھ رہے تھے، جو شاید کوہ پیا ہی تھے۔ سورج کی حدت آہستہ آہستہ بڑھتی جا رہی تھی۔ کلاڈیو یہاں تصویریں کھینچنے میں مصروف ہو گیا جبکہ اس کی بیوی مارٹینا چھ قدم نیچے اتر آئی۔

چند لمحات گزرے ہوں گے کہ کلاڈیو نے ایک تصویر کھینچ کر کیمرے کو نیچے کیا اور ابھی وہ اپنی فلم میں محفوظ کیے گئے نظارے ہی کو دیکھ رہا تھا کہ اس کے کانوں میں اپنی بیوی کی چیخ سنائی دی۔ "کلاڈیو!" جیسے ہی اس نے چیخ کے مقام کی طرف نظر دوڑائی۔ یوں لگا کہ زمین نے اس کی بیوی کو اچانک نگل لیا ہے۔ جس کے اوپر اٹھے ہوئے ہاتھوں میں پکنک بیگ ابھی تک موجود تھا۔ اب مارٹینا انٹونیٹا کا سراغ صرف برف میں ہونے والے اس سوراخ میں لگ سکتا تھا۔

اس لمحے تو کلاڈیو پر سکتہ چھا گیا پھر عام انسانی ردِ عمل کے تحت بھاگ کر اس جگہ پہنچا جہاں اس کی بیوی غائب ہوئی تھی اور پھر اس کا پیر بھی ایک برف کی کمزور تہہ پر پڑا اور یک دم وہ بھی نیچے گر کر غائب ہو گیا۔

پہاڑ سے پھسلنے والے برف کے تودوں کے بعد، یہ شگاف سب سے بڑی خطرے کی علامت ہیں اور جب درجہ حرارت بڑھنے سے یہ برف پگھلنے لگے تو یہ برف کی تہیں مزید خطرناک ہو جاتی ہیں۔ کلاڈیو اور مارٹینا بھی ایسے ہی کسی شگاف میں لڑھک گئے تھے۔

مارٹینا انٹونیٹا کسی ترچھی سرنگ سے پھسلی تھی اور اب وہ ایک ایسے پہاڑی طاقچہ پر گری جو زمین سے ساٹھ فٹ بلند تھا۔ اسے زخم تو نہ آئے مگر وہ اس اچانک آنے والے آفت سے بالکل چکرا کر رہ گئی۔ اس کے چہرے کے سامنے ایک آدھ گز کے فاصلے پر برف کی دیوار تھی۔ اوپر دیکھنے سے صرف آسمان کا ایک ٹکڑا نظر آتا تھا۔ اپنی پوری قوت سے اس نے چلانا شروع کر دیا۔ "کلاڈیو! کلاڈیو!"

اسی دوران اس نے جواب سنا۔

"میں یہاں ہوں۔"

بائیں جانب دیکھنے سے اسے کلاڈیو نظر آیا جو چند برف کی سلوں کے پیچھے چھپا ہوا تھا مگر ٹانگیں لٹک رہی تھیں۔

وہ بہت زخمی اور پریشان نظر آرہا تھا مگر کسی طرح سنبھلنے کی کوشش کی اسے اٹھتے ہوئے کمر اور سینے میں شدید درد محسوس ہوا۔

اب اس صورتحال کے آگے ان دونوں میاں بیوی کے تمام اعضاء بے بس نظر آرہے تھے۔ اوپر نظر اٹھانے سے چمکدار برفیلی دیواریں بے کم و کاست پھیلتی چلی گئیں، نہ کوئی قدم جمانے کی جگہ تھی اور نہ ہی کہیں کوئی پکڑنے کیلئے سہارا۔ چوں کہ دیوار پر چڑھنا ناممکن تھا لہٰذا ان کا

بچا

¶ صرف بیرونی مدد ہی سے ہو سکتا تھا اس لیے دونوں نے مدد کیلئے چیخنا شروع کر دیا۔

"مدد! مدد!" مگر انہیں یہ بات معلوم نہ تھی کہ برف آواز کی گھٹیا موصل ہوتی ہے۔ ان کی چیخیں، جو ٹیڑھی میڑھی دیواروں سے ٹکرائی تھیں باہر مشکل ہی سے سنی گئی ہوں۔

شام چھ بجے تک کوئی مدد نہیں پہنچی تھی اور اندھیرا ہو چکا تھا۔ اس تنگ سے چھجے پر وقت گزارنا بہت مشکل ہوتا جارہا تھا۔ اس ڈر سے کہ وہ سو کر اس بلند مقام سے نیچے نہ گر پڑیں آپس کی گفتگو، چیخنے چلانے اور دعاؤں کے ذریعے کسی طرح جاگنے کی کوشش کر رہے تھے۔ اچانک ایک بھیانک اور گرجدار آواز نے ان کی گفتگو میں خلل ڈالا مگر یہ صرف پگھل کر گرنے والے ایک برف کے ٹکڑے کی آواز تھی۔

جب دن کی روشنی لوٹی، تو انہوں نے اپنے پکنک بیگ سے سینڈوچ نکال کر کھانے کی کوشش کی لیکن وہ بالکل جم چکے تھے اور تخ ربڑ کی مانند لگ رہے تھی۔ اس کے بجائے انہوں نے دیوار سے برف کھرچ کر نگل لی۔ ویسے تو ان کا لباس سردی روکنے کیلئے مناسب تھا مگر چاروں طرف برف کی وجہ سے اب انہیں اپنے آپ کو حرارت پہنچانے کی ضرورت محسوس ہوئی۔ اس کیلئے وہ کبھی اپنے ہاتھ ملتے اور کبھی ایک ٹانگ پر سارا وزن ڈال کر کھڑے ہو جاتے تا کہ کچھ سردی کا اثر کم ہو۔

پورے دن، امید کے لمحات وقت گزرنے کے ساتھ مایوسی میں تبدیل ہوتے جارہے تھے۔

"مجھے یقین ہے کہ وہ ہمیں ضرور تلاش کرلیں گے۔" کلاڈیو نے اپنی بات کو جاری رکھا۔ لیکن اب دوسری رات بھی آچکی تھی۔ کلاڈیو بخار میں جکڑ گیا اور اس کے دانت بجنے لگے۔ مارٹینا نے بیگ میں سے کھانے پینے کا سامان پھینک کر بیگ کلاڈیو کے سر پر الٹا دیا اس طرح وہ رات بہت ہی مشکل سے کٹی۔ عام طور پر ان راتوں میں سردی بہت ہوتی ہے اور اگر شگاف کے اندر کی بات کی جائے تو درجہ حرارت منفی دس سینٹی گریڈ تک گر جاتا ہے۔

گروہ کے بقیہ تمام افراد کی انتھک جستجو کے بعد جب کلاڈیو اور مارٹینا کا اتا پتا نہیں چلا تو باقاعدہ تلاش کیلئے منصوبہ بنایا گیا۔ کچھ کا کہنا تھا کہ وہ دونوں فورگن کی طرف نکل گئے ہوں گے اور کچھ روساہی میں ڈھونڈنے کا کہہ رہے تھے۔ بہرحال دونوں جگہوں پر تلاش شروع ہوگئی۔

سطح مرتفع روسا پر تلاش کنندگان ہر مشتبہ سوراخ میں دیکھ رہے تھے۔ فورگن کے سوئس حصے کی طرف ایک ہیلی کاپٹر کے عملے کو شگاف کے اندر کوئی چیز معلوم ہوئی۔ معلوم کرنے کیلئے ایک ٹیم کو جب بھیجا گیا تو نہایت المناک دریافت ہوئی۔ وہ یہ کہ ایک نوجوان سوئس جوڑے کی لاشیں برآمد ہوئیں جو دو ماہ سے لاپتہ تھے۔

کلاڈیو ٹوریلا کے بڑے بھائی ماریو ٹوریلا کو جب فون کے ذریعے اپنے بھائی اور اس کی بیوی کی گمشدگی کی اطلاع ملی تو وہ جلدی سے روم سے سروینیا پہنچا۔ ماریو نے خود سے بھی تلاش شروع کردی۔ اسے اپنے بھائی سے بہت محبت تھی۔ چوتھے دن

تمام تلاش کنند گان اور ماریو ایک ہوٹل میں جمع ہوئے۔ سب کے چہرے نہایت اداس تھے کیوں کہ اب بچنے کی کوئی امید نظر نہیں آتی تھی۔ "صرف ایک دن اور تلاش کر لیا جائے۔ صرف ایک دن اور" ماریو نے بالآخر تمام افراد کو پھر سے تلاش پر راضی کر لیا۔

جمعرات کی دوپہر مارٹینا انٹونیٹا کو یہ احساس ہو گیا تھا کہ اب ان کی موت قریب ہے۔ اس کا شوہر کلاڈیو سخت بیماری کی حالت میں جی رہا تھا۔ اس کیفیت میں مارٹینا کی نظر برف کی رکھی ہوئی سلوں کے پیچھے کسی سوراخ پر پڑی۔ اس نے ہمت کر کے اِن برف کی سلوں کو کھسکایا اور اس میں کسی طرح داخل ہو گئی۔ وہاں صرف ایک شخص کے کھڑے ہونے کے برابر جگہ تھی لیکن اس گھرے ہوئے کمرے سے آسمان کو دیکھا جا سکتا تھا۔ وہ وہاں بے حس و حرکت کھڑی رہی اور سوچتی رہی کہ صرف خدا ہی کے اختیار میں ہے کہ زندگی دے یا ہمیں مار دے۔

اگلے دن بالکل صبح، دو نوجوان کسٹم ایجنٹ جیانفرانکو پانزو اور جیانپیٹرو چیا نے ایک پہاڑی راہنما جرمین آٹن کے ساتھ مل کر روسا میں تلاش شروع کی۔ آٹن ایک چست آدمی تھا اور کئی عرصے سے امدادی ٹیموں میں کام کر رہا تھا۔ یہ تینوں روسا کے انہیں شگافوں میں جھانک کر کلاڈیو اور مارٹینا کو تلاش کر رہے تھے اور پھر آٹن نے بالآخر ایک پتلی سی چیخ سن ہی لی جو مدد کیلئے تھی کیوں کہ وہ بالکل اس سوراخ کے منہ پر پہنچ گیا تھا جسے مارٹینا نے گزشتہ روز تلاش کیا تھا اور پھر کسی مدد کی آس لیے وہ وہیں کھڑے ہو کر پکار رہی تھی۔

"کیا یہاں کوئی ہے؟" آٹن نے گھٹنوں کے بل بیٹھ کر جھانکتے ہوئے پوچھا۔

"مدد! مدد!" ایک دردناک آواز آئی۔

"فکر نہ کرو ہم جلد کچھ کرتے ہیں۔" آٹن جواب پا کر بے تابانہ اٹھا اور دیگر ساتھیوں کے ساتھ مل کر اس شگاف کو بڑا کیا اور پھر خود کو رسی سے باندھ کر نیچے اتر گیا۔ مارٹینا انٹونیٹا اور کلاڈیو کچھ ہی دیر بعد باہر آ چکے تھے۔

بہت سے لوگ کلاڈیو اور مارٹینا کے بچ جانے کو ایک معجزہ کہتے ہیں۔ دونوں نہایت دردناک کیفیت سے گزر کر آئے جس میں بھوک، ذہنی تکلیف اور بیماری سب ہی کچھ شامل تھا۔ ڈاکٹروں کا کہنا ہے کہ اس صورتحال میں اگر کوئی ایک ہوتا تو بچنا ناممکن تھا مگر یہ دونوں میاں بیوی ایک دوسری کی ہمت بندھاتے رہے۔

***

۶

نیلا ہیرا

تحریر: آرتھر کونن ڈائل

ترجمہ: محمد الیاس نواز

میرا نام' ڈاکٹر واٹسن' ہے اور میں مشہور کھوجی (سراغ رساں) 'شرلاک ہومز' کا اچھا دوست ہوں۔ پچھلے سال عید کے دو دن بعد میں اس کے گھر '۲۲۱B بیکر اسٹریٹ گیا۔ میں اسے عید کی مبارکباد دینا چاہتا تھا۔ وہ مجھے بیٹھک میں کھڑکی کے پاس بیٹھا ہوا ملا۔ اس کے ساتھ ہی چند اخبارات رکھے ہوئے تھے۔ قریب رکھی کرسی پر ایک پرانا ہیٹ (Hat) ٹنگا ہوا تھا۔ شرلاک کے ہاتھ میں ایک محدب عدسہ (magnifying glass) تھا۔

"تم کچھ کام کر رہے ہو، میں جاؤں؟" میں نے کہا۔

"نہیں، بیٹھ جاؤ اور اس پرانے اور دلچسپ ہیٹ کی طرف دیکھو۔" اس نے جواب دیا۔

میں بیٹھ گیا۔ اس وقت باہر سڑک پر کافی ٹھنڈ تھی مگر ہومز کی بیٹھک گرم

تھی۔

"اس پرانے ہیٹ میں تمہاری کیا دل چسپی ہے، کیا یہ کسی جرم میں استعمال ہوا ہے؟" میں نے پوچھا۔

ہومز نے ہنستے ہوئے جواب دیا "نہیں جرم میں نہیں۔ مجھے یہ بیکر اسٹریٹ ہوٹل کے دربان 'پیٹرسن' سے ملا ہے۔ اور اسے عید والے دن سڑک پر پڑا ہوا ملا تو اس نے مجھے دکھانے کے لئے اٹھالیا۔ اسی وقت دربان کو اِس کے ساتھ ایک پرندہ بھی ملا تھا۔۔۔ یہ ایک اچھا اور صحت مند عید ہنس (ایک پرندہ راج ہنس) تھا۔ میں نے وہ ہنس آج صبح اسے واپس کر دیا۔ وہ آج رات اسے اپنے گھر پر پکا کر کھانے جا رہا ہے۔"

"پہلے یہ ہیٹ تھا اور اب تم ہنس کے بارے میں بات کر رہے ہو، میں کچھ سمجھ نہیں پا رہا۔" میں نے کہا۔

"چلو پھر شروع کرتے ہیں کہ اس کا آغاز کیسے ہوا۔" ہومز نے کہا۔

"عید والے دن صبح تقریباً چار بجے 'پیٹرسن' اپنا کام ختم کر کے گھر جا رہا تھا۔ جب وہ 'عدالتی سڑک' پر پہنچا تو اس نے دیکھا کہ ایک لمبا آدمی کندھے پر ہنس لٹکائے جا رہا ہے۔ وہ تھوڑی دیر اس کے پیچھے چلتا رہا۔ سامنے ہی سڑک پر چند نوجوان بھی موجود تھے۔ اچانک ان میں سے ایک نے لمبے آدمی کے سر پر رکھے ہیٹ کو نشانہ بنایا جس سے اس کا ہیٹ سڑک پر گر گیا۔ لمبے آدمی نے اپنی چھڑی سے نوجوان کو مارنے کی کوشش کی، مگر حادثاتی طور پر وہ پچھلی دوکان کی کھڑکی سے ٹکرا گیا، جس سے کھڑکی کا شیشہ ٹوٹ گیا۔ اسی لمحے پیٹرسن اس آدمی کی طرف بڑھا

تا کہ اس کی مدد کر سکے مگر لمبے آدمی نے دوڑ لگا دی، شاید دکان کا شیشہ ٹوٹنے سے وہ گھبرا گیا تھا۔ اور پیٹرسن کو دربان والے کوٹ اور ہیٹ میں دیکھ کر شاید وہ اسے پولیس والا سمجھا۔ جب وہ بھاگا تو اپنا ہیٹ اور ساتھ ہی عید ہنس بھی سڑک پر ہی چھوڑ گیا۔ اسی لمحے نوجوان بھی بھاگ گئے۔ پیٹرسن ہیٹ اور ہنس اٹھا کر اپنے گھر لے گیا اور اگلے دن یہاں لے آیا۔ ہنس کے بائیں پاؤں کے ساتھ ایک چھوٹی سی دلچسپ چٹھی (پرچی) لگی ہوئی تھی۔ جس پر لکھا تھا 'مسٹر ہنری بیکر اور اہلیہ کے لئے'۔ اس کے علاوہ ہیٹ پر بھی 'اچ.بی' لکھا ہوا ملا ہے۔" ہومز نے بتایا۔

"اوہ۔۔۔.. ہیٹ اور ہنس کے مالک کا نام 'ہنری بیکر' ہے۔" میں نے کہا۔

"ہاں۔۔۔! مگر واٹسن۔۔۔. میرے عزیز۔۔۔ اس سے ہمیں کوئی زیادہ مدد نہیں ملتی۔ یہاں لندن میں تو سیکڑوں ہنری بیکر ہیں۔ میں نے آج صبح پیٹرسن کو یہ کہہ کر ہنس واپس کر دیا کہ "یہ تمہارے رات کے کھانے کے لئے ہے۔ کیوں کہ میں یہ نہیں چاہتا کہ کچھ برا ہو جائے۔۔۔.. تم تو جانتے ہو۔"

"کیا مسٹر بیکر نے اپنے ہیٹ اور ہنس کے حوالے سے اخبار میں کوئی اشتہار دیا؟" میں نے پوچھا۔

"نہیں" ہومز نے جواب دیا۔

"پھر ہم کس طرح اسے ڈھونڈ سکتے ہیں؟"

"درست۔۔۔ شاید یہ ہیٹ ہماری مدد کر سکتا ہے۔۔۔ واٹسن! فرض کرو کہ تم منٹ دومنٹ کے لئے ایک کھوجی ہو اور یہ میرا محدب عدسہ ہے۔ تم مجھے اس

ہیٹ کے مالک کے بارے میں کیا بتا سکتے ہو؟" ہومز نے کہا۔

میں نے محدب عدسہ لیا اور کالے رنگ کے ہیٹ کو دیکھا جو بے حد گندا اور پرانا تھا۔ میں نے اس پر الفاظ 'HB' بھی دیکھے۔ میرے لئے یہ کسی بھی طرح کسی دوسرے پرانے اور کالے ہیٹ سے مختلف نہیں تھا۔

"میں کچھ نہیں دیکھ پایا۔" میں نے یہ کہتے ہوئے کالا ہیٹ اپنے دوست کو دے دیا۔

"معاف کرنا واٹسن۔ تم نے دیکھا تو سہی مگر تم نے سوچا نہیں کہ تم نے کیا دیکھا۔"

"بالکل ٹھیک!۔۔۔ تم اس ہیٹ میں کیا دیکھ سکتے ہو؟" میں نے کہا۔

"اس ہیٹ کا مالک ایک ذہین آدمی ہے۔ وہ کبھی امیر تھا مگر اب غریب ہے۔ اس کی بیوی پہلے کبھی اس سے محبت کرتی تھی مگر اب نہیں کرتی، اور وہ ایک تیس سے چالیس سال کے درمیان کا آدمی ہے۔" ہومز بولا۔

"درست۔۔۔ شاید میں کند ذہن ہوں ہومز!۔۔۔ مگر مجھے سمجھ نہیں آتی کہ تم یہ کیسے سوچ سکتے ہو کہ وہ ایک ذہین آدمی ہے؟"

ہومز نے ہیٹ اپنے سر پر رکھا تو وہ اس کی ناک تک آگیا۔ "یہ ایک بڑا ہیٹ ہے۔ ایک بڑے ہیٹ والے آدمی کا ایک بڑا سر ہوتا ہے۔ اور ایک بڑے سر والے آدمی کا ایک بڑا دماغ ہوتا ہے۔ اور ایک بڑے دماغ کے ساتھ ایک انسان بہت کچھ سوچتا ہے۔"

"مگر تم نے کہا کہ وہ کبھی امیر تھا مگر اب غریب ہے،۔۔۔ کیسے؟"

"ہیٹ تین سال پرانا ہے اور مجھے یاد ہے کہ یہ ہیٹ اُن دنوں ساری دکانوں پر آئے تھے اور کافی مہنگے تھے۔ تین سال پہلے اس آدمی نے ایک اچھا ہیٹ خریدا تھا یعنی وہ اس وقت امیر تھا، مگر اب اس کے پاس رقم نہیں ہے کہ وہ نیا ہیٹ خرید سکے۔ لہٰذا اِن دنوں وہ غریب ہے۔"

"بالکل ٹھیک، مگر تم نے کہا کہ وہ ایک تیس سے چالیس سال کا آدمی ہے۔ یہ بات ہیٹ تمہیں کس طرح بتاتا ہے؟" میں نے پوچھا۔

"ہاں۔۔۔ جب میں نے اپنے محدب عدسے کے ذریعے دھیان کے ساتھ ہیٹ کا معائنہ کیا تو میں ہیٹ پر لگے چند سرمئی بال دیکھنے کے قابل ہو سکا۔ عام طور پر لوگوں کے سرمئی بال تیس سے چالیس کے درمیان ہوتے ہیں۔"

"میں سمجھ گیا۔۔۔ مگر اس کی بیوی کے بارے میں کیا خیال ہے۔۔۔ تم نے کہا کہ وہ اس سے محبت نہیں کرتی۔"

"کیونکہ اس کا ہیٹ بہت گندا ہے۔ جب ایک عورت اپنے شوہر سے محبت کرتی ہے تو اس کا ہیٹ بھی صاف رکھتی ہے۔"

"شاید اس کی بیوی نہیں ہے۔"

"ہاں! اس کی بیوی ہے، یاد کرو ہنس کی بائیں ٹانگ پر چٹھی۔"

"اوہ.. ہاں۔ تمہارے پاس تو ہر چیز کا جواب ہے۔" میں نے کہا۔

اسی لمحے دروازہ کھلا اور ہوٹل کا دربان پیٹرسن بھاگتا ہوا اندر داخل ہوا۔ وہ بہت جذباتی نظر آرہا تھا۔

"ہنس۔۔۔ مسٹر ہومز۔۔۔ ہنس۔" وہ بولا۔

"ہنس کے ساتھ کیا مسئلہ ہے؟ کیا وہ دوبارہ زندہ ہو کر باورچی خانے کی کھڑکی سے باہر اُڑ گیا ہے؟" ہومز نے پوچھا۔

"نہیں مسٹر ہومز، میری بیوی کو پرندے کے اندر سے یہ ملا ہے۔" پیٹرسن نے مٹھی کھولی تو اس میں ایک نیلے رنگ کا خوب صورت ہیرا تھا۔

جب شرلاک ہومز نے دربان کے ہاتھ میں ہیرا دیکھا تو سیدھا تن کر بیٹھ گیا اور بولا "بہت خوب پیٹرسن۔ ہنس کے اندر سے کیا حیرت انگیز چیز ملی ہے۔ تم جانتے ہو کہ تمہارے ہاتھ میں کیا ہے؟"

"میرے خیال میں یہ ایک ہیرا ہے مسٹر ہومز۔۔۔ کیا یہ قیمتی ہے؟"

"یہ نواب مارکر کی بیوی کا نیلا ہیرا ہے اور ایک ہفتے پہلے گم ہوا تھا۔"

"یہ تم کیسے جانتے ہو؟" میں نے پوچھا۔

"واٹسن، تم اکثر و بیشتر اخبار ضرور پڑھا کرو۔ آج کے ٹائمز اخبار میں اس کے بارے میں اشتہار ہے۔ یہ دیکھو۔" ہومز نے اخبار مجھے دیا اور پھر وہ دربان سے مخاطب ہوا۔

"یہ بہت قیمتی ہیرا ہے پیٹرسن!.. بیگم نواب تقریباً بیس ہزار پاؤنڈ اس کی قیمت ادا کر چکی ہیں۔ اسکو پچھلے ہفتے کاسموپولیٹن ہوٹل میں ان کے کمرے سے کسی نے اٹھالیا تھا۔ اب وہ اسے واپس حاصل کرنا چاہتی ہیں اور ان کا کہنا ہے کہ وہ تلاش کرنے والے کو ہزاروں پاؤنڈ دینے کو تیار ہیں۔"

"ہزاروں پاؤنڈ" پیٹرسن جذباتی انداز میں چیخا اور پھر کچھ کہے بغیر ہمارے درمیان کرسی پر بیٹھ کر پہلے ہومز کو اور پھر مجھے دیکھا۔

"میرے خیال میں ہیرا پانچ دن پہلے گم ہوا تھا۔" میں نے کہا۔

"ہاں! اس معاملے کی اخباری رپورٹ کے مطابق انہوں نے ایک جوان آدمی 'جان ہارنر' کو دیکھا تھا جس نے ہیرا اٹھایا۔" ہومز نے جواب دیا۔

ہومز نے مجھے ایک پرانا اخبار دیا اور میں نے رپورٹ پڑھی۔

کاسموپولیٹن ہوٹل سے ہیرے کی گم شدگی:

"اس مہینے کی ۲۲ تاریخ کو کاسموپولیٹن ہوٹل کے کمرے سے بیگم نواب کا ایک نیلا ہیرا گم ہو گیا۔ پولیس کا خیال ہے کہ یہ ہیرا ۲۶ سالہ جان ہارنر نے زیورات کے ڈبے میں سے اس وقت اٹھایا جب وہ کھڑکی کی مرمت کرنے آیا۔ ہوٹل کے اسسٹنٹ منیجر 'جیمز رائیڈر' نے عدالت کو بتایا کہ "میں ہارنر کو لے کر بیگم نواب کے کمرے میں آیا، پھر اسکو چھوڑ کر تھوڑی دیر کے لئے باہر چلا گیا، اور جب دوبارہ واپس آیا تو ہارنر وہاں نہیں تھا۔ البتہ ڈبہ بستر کے ساتھ والی میز پر کھلا پڑا تھا اور ہیرا اس میں نہیں تھا۔"

بیگم نواب کی ملازمہ 'کیتھرین کوسیک' نے بیان دیا کہ "میں نے مسٹر رائیڈر کو آواز دیتے ہوئے سنا تو میں دوڑی ہوئی کمرے میں آئی۔ میں نے دیکھا کہ مسٹر رائیڈر وہاں کھڑے ہیں اور ڈبہ ان کے سامنے ہے۔"

واردات کے ایک دن بعد ہارنر کو پولیس نے گھر سے گرفتار کیا مگر وہ ہیرا برآمد نہیں کروا سکے۔ اس کے بعد تفتیش کار 'بریڈاسٹریٹ' نے عدالت کو بتایا "جب میں نے اس سے کہا کہ تم ہیرا چور ہو تو اس نے مجھے مارا۔"

اس کے بعد ہارنر نے عدالت کو غصے میں کہا "آپ نے غلط آدمی کو پکڑا

ہے۔ میں نے بیگم نواب کا ہیرا نہیں اٹھایا۔ میں چور نہیں ہوں۔"

اس کے بعد بریڈ اسٹریٹ نے عدالت کو بتایا "ہارنر پہلے بھی ایک بار چوری کے الزام میں قید کاٹ چکا ہے۔ میں کہتا ہوں اسی نے ہیرا چرایا ہے۔

معاملہ اگلے ہفتے اعلیٰ عدالت میں جا رہا ہے۔"

"خوب۔۔۔ تو یہ ہے ہیرے کے بارے میں اخباری رپورٹ۔"

ہومز نے کہا "اب ہم یہ جاننا چاہتے ہیں کہ ہیرا کس طرح کاسموپولیٹن ہوٹل میں موجود بیگم نواب کے کمرے سے نکلا اور عدالتی سڑک پر ایک ہنس کے اندر پہنچا۔ تم نے دیکھا واٹسن، اس معاملے میں ایک جرم ہے، یعنی یہاں ایک ہیرا ہے، جو ہنس کے اندر سے ملا، اور ہنس پرانے ہیٹ والے آدمی ہنری بیکر سے ملا۔ میں جانتا ہوں کہ جب میں تمہیں مسٹر ہنری بیکر کے بارے میں بتا رہا تھا تو تم ہلکی سی بیزاری محسوس کر رہے تھے مگر اب ہم اسے ضرور تلاش کر لیں گے۔ وہ نیلے ہیرے والے معاملے میں کب اور کیسے آیا؟ ان دو سوالوں کے جواب بہت اہم ہیں۔"

"مگر ہم کس طرح اسے تلاش کر سکتے ہیں۔" میں نے پوچھا۔

"اخباری اشتہار کے ذریعے۔" ہومز نے کہا۔

اس نے قلم اٹھایا اور لکھنا شروع کر دیا:

"کیا آپ کا ہنس اور کالا ہیٹ کچھ دن پہلے عدالتی سڑک پر گم ہوا؟

کیا آپ کا نام 'ہنری بیکر' ہے؟

مہربانی فرما کر آج شام ۶:۳۰ بجے، B۲۲۱ بیکر اسٹریٹ پر تشریف لائیے اور

اپنی چیزیں لے جائیے۔"

"میرا خیال ہے یہ اشتہار سب کچھ بول رہا ہے۔"ہومز نے کہا۔

"ہاں، مگر کیا وہ اسے پڑھے گا؟"میں نے پوچھا۔

"ہاں واٹسن!میرے خیال سے وہ ایک غریب آدمی ہے۔یاد رکھو!اس وقت وہ خوف زدہ تھا کیونکہ وہ دکان کی کھڑکی کے ساتھ ٹکرا گیا تھا، مگر مجھے یقین ہے کہ اب وہ افسوس کر رہا ہو گا کہ "میں اپنا پرندہ سڑک پر چھوڑ کر کیوں بھاگا؟"، میرا خیال ہے اشتہارات کیلئے اس نے کل کے اخبارات بھی دیکھے ہوں گے اور آج کے بھی دیکھے گا۔"

"ہاں، میں سمجھ رہا ہوں۔"میں نے کہا۔

ہومز نے دربان کو کچھ رقم دی اور کہا"پیٹرسن!مہربانی کر کے نیچے جاؤ اور شام کے سارے اخبارات میں یہ اشتہار لگوا دو۔"

"بہت اچھا جناب!۔۔۔اور کیا ہیرا آپ کے پاس ہی چھوڑ جاؤں؟"

"ہاں پیٹرسن!۔۔۔اور میں یہ کہہ رہا تھا کہ کیا تم اشتہار دینے کے بعد واپس آتے ہوئے ایک ہنس خرید کر یہاں لا سکتے ہو؟ہمیں ہنری بیکر کے لئے ایک نیا ہنس چاہیے۔۔۔اگر وہ آتا ہے تو۔۔۔پرانے ہنس کو تو تمہارا خاندان آج رات کے کھانے میں کھانے جا رہا ہے، لہٰذا وہ تو اسے نہیں مل سکتا۔"

دربان دروازے سے باہر نکلا اور سڑک پر اتر گیا۔ہومز نے نیلا ہیرا اپنے ہاتھ میں لیا اور اسے دیکھتے ہوئے بولا۔"کیا خوب صورت چیز ہے۔اس کے عجیب رنگوں کو دیکھو۔تیز نیلا اور ٹھنڈا سفید۔تمام بڑے نگینے بالآخر لوگوں کو چور اور قاتل بناتے

ہیں۔ یہ جنوبی چین کے دریا آموئے کے قریب سے آیا ہے اور صرف بیس سال پرانا ہے، یعنی یہ ایک نئی چیز ہے۔ مگر پہلے سے ہی اس کی وجہ سے بھیانک جرائم ہو رہے ہیں۔

میں اسے اپنی تجوری میں رکھنے جارہاہوں۔ اور پھر میں بیگم نواب کو خط لکھوں گااور کہوں گا کہ خوب صورت نیلا ہیرا ہمارے پاس ہے۔"

"مگر ہومز!۔۔۔مجھے سمجھ نہیں آتی کہ اتنے سب کچھ کے بعد بھی نوجوان ہارنر معصوم کیسے ہے۔" میں نے کہا۔

"مجھے نہیں معلوم۔"

"اور ہیٹ اور ہنس والے ایک لمبے آدمی۔۔۔ ہنری بیکر کے بارے میں کیا خیال ہے ؟۔۔۔شاید وہ ہیرے کا چور ہو ؟"

"نہیں، میرا نہیں خیال کہ وہ ایسا ہے۔مجھے یقین ہے کہ وہ معصوم آدمی ہے۔مجھے نہیں لگتا کہ وہ یہ بات جانتا تھا کہ ہنس کے اندر ایک قیمتی ہیرا موجود تھا۔ہیرے کی مالیت بیس ہزار پاؤنڈ سے زیادہ ہے۔دیکھو اور انتظار کرو، شاید آج شام مسٹر بیکر ہمارے اشتہار کا جواب دے اور ہم اس کے بارے میں کچھ اور جان سکیں۔"

"بالکل ٹھیک۔ میں آج شام کام ختم کر کے آتا ہوں، مجھے اس معاملے کے حل کے بارے میں بہت دل چسپی ہے۔" میں نے کہا۔

"بہت اچھا، رات کا کھانا سات بجے ہے۔" ہومز نے جواب دیا۔

میں شام ۶:۳۰ بجے بیکر اسٹریٹ پر آیا تو وہاں پہلے سے ایک لمبا آدمی شرلاک

ہومز کے دروازے پر موجود تھا۔ اس نے سردیوں کا لمبا کوٹ پہن رکھا تھا اور اس کے سر پر اسکاٹش ہیٹ تھا۔ جب میں قریب پہنچا تو دروازہ کھلا۔ ہومز کی گھریلو ملازمہ 'مسز ہڈسن' نے ہمیں شام بخیر کہا اور ہم سیڑھیاں چڑھ کر ہومز کے کمرے میں جا پہنچے۔

"مجھے یقین ہے کہ آپ مسٹر ہنری بیکر ہیں۔۔۔ مہربانی فرما کر بیٹھئے!" جب وہ آدمی اندر داخل ہوا تو ہومز نے اس سے کہا۔"

ہومز نے میری طرف دیکھا اور مسکرایا۔

"آہا۔۔۔ واٹسن، تمہاری کیا بات ہے، جب بھی ہم تمہاری ضرورت محسوس کرتے ہیں تم یہاں ملتے ہو۔"

پھر اس نے دوبارہ اپنے دوسرے مہمان کی طرف دیکھا۔

"کیا یہ آپ کا ہیٹ ہے، مسٹر بیکر؟"

مسٹر بیکر نے کرسی پر ٹنگے ہیٹ کو دیکھا۔

"ہاں، جناب یہ میرا ہیٹ ہے، اس کے بارے میں تو کوئی دوسرا سوال ہی نہیں ہے۔"

یہ ایک بڑے سر والا بڑا آدمی تھا۔ ذہانت بھرے چہرے اور سرمئی بالوں والا۔ مجھے اس کے بارے میں ہومز کے کہے ہوئے الفاظ یاد آگئے۔ اس نے پرانا اور گندا کوٹ پہن رکھا تھا جس کے اندر قمیض نہیں تھی، مگر وہ آہستہ اور احتیاط سے بول رہا تھا۔ میں نے اسے دیکھا، سنا اور پھر سوچا "یہ ایک ذہین آدمی ہے۔ یہ کبھی امیر تھا مگر اب اس کے پاس دولت نہیں ہے اور چیزیں خریدنا اس کے لئے اتنا

آسان نہیں ہے۔"

"ہمیں آپ کا ہیٹ اور ہنس کچھ دن پہلے ملے مگر آپ ہمیں اتنی آسانی سے نہیں مل سکتے تھے مسٹر بیکر!۔۔۔ ہم آپ کا پتا نہیں جانتے تھے۔ آپ نے اخبار میں اپنے پتے کے ساتھ ایک اشتہار کیوں نہیں دے دیا؟ ہم نے آپ کی طرف سے کسی اشتہار کا بہت انتظار کیا مگر ہمیں کچھ نظر نہیں آیا۔" ہومز نے کہا۔

مسٹر بیکر مسکرایا" میں معافی چاہتا ہوں۔ اشتہار مہنگا ہوتا ہے اور میرے پاس آج کل زیادہ رقم نہیں ہے، کبھی ہوتی تھی مگر اب نہیں ہے۔" وہ رکا اور بولا۔" اور میں یہ سمجھا کہ عدالتی سڑک والے نوجوان میرا ہیٹ اور ہنس لے گئے ہوں گے۔ اور میں بے کار کے لئے اخبار میں کوئی مہنگا اشتہار نہیں دینا چاہتا تھا۔"

"میں سمجھ گیا۔ اب اس سے پہلے کہ ہم مزید کچھ کہیں، میں آپ کو آپ کے ہنس کے بارے میں کچھ بتانا ضروری سمجھتا ہوں۔ مسٹر بیکر!۔۔ میں معافی چاہتا ہوں مگر۔۔۔ خیر۔۔۔ ہم اسے کل کھا چکے ہیں، اگر آپ کو معلوم نہ ہو۔" ہومز نے کہا۔

" آپ اسے کھا چکے ہیں۔" ہمارے مہمان نے جذباتی انداز میں کھڑے ہوتے ہوئے کہا۔

"ہاں، خیر ہم نہیں چاہتے کہ آپ نامناسب طریقے سے جائیں۔۔۔ آپ دیکھئے کہ ہم نے آج صبح ہی آپ کے لئے ایک نیا اور دلکش ہنس خریدا ہے۔ وہ دروازے کے ساتھ میز پر رکھا ہے۔۔۔ یہ سب تو آپ کے لئے ٹھیک ہے ناں ؟"

" اوہ، ہاں ہاں۔" مسٹر بیکر خوشی سے بولا اور دوبارہ بیٹھ گیا۔

"اور چلیئے چل کر دیکھتے ہیں۔۔۔ میرا خیال ہے کہ آپ کے پرانے ہنس کی ٹانگیں، سر اور اندر کی ہر چیز باورچی خانے میں رکھی ہوگی، آپ کو اگر چاہیئے تو۔۔۔"

آدمی ہنسا اور بولا "نہیں نہیں۔۔۔ مگر میں یہ ضرور پسند کروں گا کہ نیا اور دلکش ہنس اپنے ساتھ گھر لے کر جاؤں۔ آپ کا بہت شکریہ۔"

شرلاک ہومز نے ہلکی سی مسکراہٹ کے ساتھ میری طرف دیکھا۔ پھر اس نے مسٹر بیکر سے کہا "بہت اچھا۔۔۔ وہ رہا آپ کا ہنس اور ہیٹ، مہربانی فرما کر انہیں اٹھا لیجیئے۔۔۔ اوہ ہاں۔۔۔ اس سے پہلے کہ آپ رخصت ہوں، آپ مجھے بتا سکتے ہیں کہ آپ نے یہ ہنس کہاں سے لیا تھا؟۔۔۔ میں ہنسوں کے بارے میں بہت کچھ جانتا ہوں اور اسی لئے آپ کو یہ بتانا چاہتا ہوں کہ وہ ایک شاندار پرندہ تھا۔"

بیکر نے ہیٹ اور ہنس اپنے ہاتھ میں اٹھا لئے، پھر بولا "بہت اچھا جناب! میں نے یہ برطانوی عجائب گھر کے ساتھ والی سرائے 'الفا' سے لیا تھا۔ اس سال الفا کے مالک 'ونڈیکیٹ' نے ہنس کلب کھولا ہے۔ ہر ہفتے ہم کچھ پیسے گلک میں ڈال دیتے ہیں اور عید کے موقع پر ہم اس ساری رقم سے ہنس لے لیتے ہیں۔" اس کے ساتھ ہی اس نے خدا حافظ کہا اور چلا گیا۔

"خوب۔ یہ تو جوابات ہو گئے ایک سوال کے کہ مسٹر بیکر ہیرا چور نہیں ہے۔ واٹسن تمہیں بھوک تو نہیں لگی؟" میرے کھوجی دوست نے کہا۔

"نہیں زیادہ نہیں۔"

"تو پھر ہم کھانا بعد میں ہی کھائیں گے، ہمیں اس وقت لازمی الفا جانا

ہے۔ ہمیں اسی رات مسٹر ونڈیکیٹ سے ملنا چاہئے"

ہومز اور میں کوٹ اور ہیٹ لے کر سردی میں ٹھنڈی سڑک پر نکل کھڑے ہوئے۔ ہمارے سروں پر اندھیرا آسمان تھا۔ ہم مشرق کی طرف کچھ دیر چل کر الفا کے سامنے جا پہنچے۔ ہومز نے دروازہ کھولا اور ہم اندر داخل ہو گئے۔

اندر سرائے کے مالک ونڈیگیٹ نے ہمیں کچھ مشروب پیش کیا۔

"کیا یہ مشروب اچھا ہے؟۔۔۔میں نے یہ اس لئے پوچھا کیوں کہ مجھے معلوم ہے کہ آپ کے ہنس بہت اچھے ہیں۔ مسٹر ہنری بیکر نے ہمیں تمہارے ہنس کلب کے بارے میں بتایا ہے۔" ہومز نے اس سے پوچھا۔

"آہ ہاں، مگر یہ ہنس ہمارے ہنس نہیں تھے۔ ایک اور آدمی کی طرف سے آئے تھے۔ اس کی 'کووینٹ گارڈن' میں چھوٹی سی دکان ہے۔ اس کا نام 'بریکن رِج' ہے۔"

"شکریہ میرے اچھے انسان۔" ہومز نے کہا۔ ہم نے مشروب کی قیمت ادا کی۔ سرائے میں ہی ٹہلتے ہوئے مشروب پیا اور گرم سرائے سے نکل کر دوبارہ ٹھنڈی رات میں آ گئے۔

"اور اب کووینٹ گارڈن۔" ہومز نے کہا اور ہم برطانوی عجائب گھر والی سڑک کی طرف چل پڑے۔

"یاد رکھو واٹسن! یہ سب ایک ہنس سے شروع ہوا اور یہ ختم ہونے جا رہا ہے ہارنر کی سات سالہ قید پر۔ شاید ہم اس دل چسپ معاملے کے بارے میں مسٹر بریکن رج کی دکان پر مزید جان سکتے ہیں۔"

ہم جنوب کی طرف چلتے ہوئے جلد ہی مسٹر بریکن رج کی دکان پر پہنچ گئے۔ بریکن رج اور ایک لڑکا دکان کے دروازے پر ہی موجود تھے۔ شاید رات کے اس پہر دکان بند ہونے کے قریب تھی۔

"شب بخیر، بڑی سرد رات ہے۔" مسٹر ہومز بولا۔

"میں آپ کی کیا مدد کر سکتا ہوں۔" مسٹر بریکن رج نے پوچھا۔

ہومز نے دکان کی خالی کھڑکی طرف دیکھتے ہوئے پوچھا "میرا خیال ہے کوئی ہنس نہیں ہے۔"

"دوسری دکان میں ہیں کچھ۔۔۔ آپ کی پچھلی طرف۔"

"آہ ہاں، مگر میں آپ کی طرف آیا ہوں کیوں کہ میں نے سنا ہے کہ آپ کے ہنس بہت اعلیٰ ہیں۔۔۔ "بریکن رج کے پرندے شاندار۔"۔۔۔ وہ بولا۔

"کس نے کہا؟"

"الفا کے مالک نے۔"

"آہا، ہاں۔۔۔ اس نے عید سے دو دن پہلے چوبیس ہنس لئے تھے۔"

"وہ تو بہت اچھے تھے، آپ نے کہاں سے لئے تھے؟"

"یہ تو میں تمہیں نہیں بتاؤں گا۔" بریکن رج غصے سے بولا۔

"بار بار لوگ آ کر ان ہنسوں کے بارے میں پوچھتے ہیں اور مجھے یہ بالکل پسند نہیں۔ میں نے ان کی اچھی خاصی رقم ادا کی تھی۔ میں انہیں الفا بھیج کر سب بھول گیا مگر پھر بھی اس کے بعد سارے سوالات شروع ہو گئے کہ۔۔۔ ہنس کہاں ہیں؟۔۔۔ آپ ان کا کتنا معاوضہ چاہتے ہیں؟۔۔۔ کون آپ کو بیچتا ہے؟۔۔۔ مجھے

نہیں پتا کہ لوگ ان میں اتنی دل چسپی کیوں لیتے ہیں۔ آپ جانتے ہیں کہ لندن میں صرف یہی ہنس تو نہیں ہیں۔"

"میں جانتا ہوں، مگر اس سے پہلے کس نے تم سے ان ہنسوں کے بارے میں پوچھا؟ میں نے تو نہیں پوچھا۔ اور مجھے اس کی ضرورت بھی کیا تھی، مگر مجھے اب تمہاری مدد چاہیئے۔ ہوا یہ کہ ہم نے الفا میں ایک ہنس کھایا تو میں نے کہا کہ یہ ایک دیسی ہنس تھا، مگر یہ جو میرے دوست ہیں ڈاکٹر واٹسن، یہ کہتے ہیں کہ یہ لندن کا ہنس تھا۔ اب ہم میں سے کون ٹھیک ہے۔ یہ ایک اہم سوال ہے، کیونکہ جیتنے والے کو پانچ پاؤنڈ ملیں گے۔" ہومز نے کہا۔

"اچھا پھر تو تمہارا نقصان ہو گیا اور تمہارا دوست جیت گیا۔ وہ ہنس لندن سے آئے تھے۔" بریکن رج بولا۔

"میں کیسے یقین کر لوں؟" ہومز بولا۔

"ایک پاؤنڈ کہتا ہے کہ میں ٹھیک ہوں۔"

ہومز نے ایک پاؤنڈ جیب سے نکالا اور بولا "بہت اچھا، میں دینے کو تیار ہوں مگر میں جانتا ہوں کہ تم اپنی رقم کھونے جا رہے ہو۔"

"بل بکس (Bill Books) اٹھا کر لاؤ۔" بریکن رج نے ہنستے ہوئے کہا تو لڑکا اٹھا کر لے آیا۔

بریکن رج نے چھوٹی بُک کھولی اور بولا "یہ میری ایڈریس بُک ہے۔ جب لوگ ہنس فروخت کرنے آتے ہیں تو ان کے ایڈریس یہاں ہوتے ہیں۔ دیہاتیوں کے بائیں طرف اور شہریوں کے دائیں طرف۔ ناموں کے بعد لکھے ہوئے نمبر اصل

میں بڑی والی بک کے صفحہ نمبر ہیں۔ سیدھی طرف والا تیسرا نام پڑھیے۔"

"مسز اوکس ہاٹ، ۱۱۷ بریکسٹن روڈ، نمبر ۲۴۹" ہومز نے پڑھا۔

پھر بریکن رج نے بڑی بک کھولی اور بولا "اور یہ ہے میری 'اِن اور آؤٹ 'بک۔ اب دیکھو صفحہ نمبر ۲۴۹۔ ہم یہاں ہیں۔ مسز اوکس ہاٹ۔ ۲۲ دسمبر کی تاریخ میں تمہیں کیا نظر آرہا ہے؟"

"مسز اوکس ہاٹ کی طرف سے چوبیس ہنس آئے اور تمام کے تمام الفا میں مسٹر ونڈ گیٹ کی طرف گئے۔" ہومز نے پڑھا۔

"اب یہاں تم کیا کہو گے؟" بریکن رج نے کہا۔

ہومز نے غصے میں پاؤنڈ بریکن رج کے ہاتھ پر رکھ دیا۔

ہومز سڑک پر رک گیا۔ وہ حیرت انگیز طور پر بالکل غصے میں نہیں تھا۔ اچانک وہ ہنسنا شروع ہو گیا اور بولا "۔ تم نے دیکھا واٹسن! پہلے تو بریکن رج مسز اوکس ہاٹ کا نام اور پتا بتانے کو بالکل تیار نہیں تھا مگر بعد میں جب اس نے دیکھا کہ وہ مجھ سے آسانی سے ایک پاؤنڈ حاصل کر سکتا ہے تو اس نے مجھے ہر چیز بتادی۔ اور تم نے سنا کہ اس نے ایک چیز بڑی دل چسپ کہی، جب وہ غصے میں تھا؟ کہ دوسرے لوگ مجھ سے ہنسوں کے بارے میں سوالات کرتے ہیں۔"

اچانک ہماری پیٹھ کے پیچھے بریکن رج کی دکان کی طرف سے شور کی آواز آئی۔ ہم نے مڑ کر دیکھا تو بریکن رج اپنی دکان کے سامنے غصے میں کھڑا نظر آیا۔ جب کہ ایک چھوٹا اور کمزور آدمی اس کے سامنے سڑک پر کھڑا تھا۔

بریکن رج چیخا۔ "دیکھو! میں اُن ہنسوں کے بارے میں ایک لفظ بھی نہیں سننا

چاہتا۔ مسز اوکس ہاٹ جب چاہیں آسکتی ہیں اور مجھ سے بات کر سکتی ہیں مگر تم نہیں۔ تمہارے پاس کوئی کام نہیں ہے کرنے کو؟ کیا میں نے ہنس تم سے لئے تھے؟"

"نہیں، مگران میں سے ایک ہنس میرا تھا۔ میں نے تمہیں بتایا ہے۔" چھوٹے آدمی نے التجا کی۔

"اس کے بارے میں مسز اوکس ہاٹ سے پوچھو۔"

"مگر وہ مجھ سے کہتی ہیں کہ مسٹر بریکن رج سے پوچھو۔"

"اچھا! تو پھر میں کچھ نہیں کر سکتا۔ میں تم سے مزید کچھ نہیں سننا چاہتا، سمجھے تم؟ اب دفع ہو جاؤ۔"

بریکن رج نے غصے سے دکان کا دروازہ بند کیا اور چھوٹا آدمی اندھیری سڑک پر دوڑنے لگا۔

"اِس سب کچھ کے بعد شاید ہمیں مسز اوکس ہاٹ کے گھر بریکسٹن روڈ جانے کی ضرورت نہیں ہے۔ چلو اس آدمی سے بات کرتے ہیں۔ شاید یہ ہماری مدد کر سکتا ہے۔" ہومز پر سکون انداز میں مجھ سے بولا۔

ہومز نے خاموشی سے اس آدمی کے پیچھے سے اس کے کندھے پر ہاتھ رکھ دیا۔ آدمی رکا اور پیچھے مڑ کر دیکھا تو کندھے کے پیچھے ہمیں کھڑے پایا۔ اس کا چہرہ سفید تھا۔

"آپ کون ہیں اور کیا چاہتے ہیں۔" اس نے کمزور آواز میں کہا۔

"معذرت کے ساتھ۔۔۔ مگر ہم نے وہ سوالات سنے جو تم نے دکان دار سے

کئے۔ میرا خیال ہے کہ میں تمہاری مدد کر سکتا ہوں۔" ہومز نے کہا۔

"آپ کون ہیں اور میری مدد کیسے کر سکتے ہیں؟"

"میرا نام شرلاک ہومز ہے اور میرا کام یہی ہے کہ چیزوں کے بارے میں وہ کچھ جانوں جو دوسرے لوگ نہیں جانتے۔"

"مگر آپ تو اس بارے میں کچھ بھی نہیں جانتے۔"

"معاف کیجئے گا۔۔۔ میں ہر چیز جانتا ہوں۔ تم ان چوبیس ہنسوں کی تلاش میں ہو جو بریکسٹن روڈ سے مسز اوکس ہاٹ نے یہاں بریکن رج کو فروخت کئے۔ اس نے الفا کے مالک مسٹر ونڈیگیٹ کو فروخت کر دیئے۔ اور ونڈیگیٹ نے اپنے ہنس کلب میں لوگوں کو بیچ دیئے۔"

"اوہ۔۔۔ جناب! یہ تو حیرت انگیز ہے۔ مجھے آپ سے مل کر بہت خوشی ہوئی۔ آپ بالکل ٹھیک کہہ رہے ہیں۔ مجھے ان ہنسوں میں بہت دل چسپی ہے۔ جتنی میں کہہ سکتا ہوں اس سے بھی کہیں زیادہ۔" چھوٹے آدمی نے جذباتی انداز میں کہا۔

"مزید بات کرنے کے لئے کیوں نہ ہم میرے گھر کے گرم کمرے میں چلیں؟ مجھے اس ٹھنڈی سڑک پر کھڑے ہو کر بات کرنا پسند نہیں۔"

ہومز نے ہاتھ کا اشارہ کیا تو ایک ٹیکسی آکر رکی۔

"مگر اس سے پہلے کہ ہم چلیں، کیا آپ ہمیں اپنا نام بتا سکتے ہیں؟"

چھوٹے آدمی نے جواب دینے سے پہلے ہومز کو دیکھا پھر مجھے دیکھا۔ "جے. جے. جان روبنسن۔" وہ بولا۔

"نہیں، نہیں۔ ہم آپ کا اصل نام جاننا پسند کریں گے۔ مہربانی ہو گی۔" ہومز اطمینان سے بولا۔

اجنبی کے چہرے کا رنگ سفید سے بدل کر سرخ ہو گیا۔

"بہت اچھا! میرا اصل نام 'جیمز رائیڈر' ہے۔" وہ بولا۔

"خوب، خوب، خوب۔۔۔کاسمو پولیٹن ہوٹل کے اسسٹنٹ مینیجر۔۔۔فی الحال تو ٹیکسی لے کر گھر چلتے ہیں، پھر ہم تمہیں ہر وہ چیز بتا سکیں گے جو تم جاننا چاہو گے۔" ہومز بولا۔

چنانچہ ہم نے ٹیکسی پکڑی اور گھر روانہ ہو گئے۔ رائیڈر جذباتی نظر آ رہا تھا مگر وہ کچھ بولا نہیں۔ ہومز بھی سارے راستے خاموش رہا۔ ہم جب اس کے گھر B۲۲۱ بیکر اسٹریٹ پہنچے تو ٹیکسی سے اتر کر سیدھے ہومز کی بیٹھک میں آ گئے۔ بالآخر ہومز بولا:

"مہربانی فرما کر بیٹھ جایئے مسٹر رائیڈر۔۔۔تو ہم کہاں تھے۔۔۔ آہا، ہاں۔۔۔ تم یہ جاننا چاہتے ہو کہ ان چوبیس ہنسوں پر کیا گزری، اور شاید یہ بھی کہ ان میں سے ایک پر کیا بیتی؟ کیونکہ میرا خیال ہے کہ تمہیں صرف ایک ہی پرندے میں دل چسپی ہے۔ سفید رنگ کا وہ ہنس جس کی کالی دم تھی۔"

"اوہ جناب!۔۔۔وہ پرندہ کہاں گیا؟" رائیڈر جذباتی ہو کر بولا۔

" وہ ایک بہت دل چسپ پرندہ تھا اور یہاں آیا تھا۔ اسے ذبح کرنے کے بعد ہمیں ایک بہت ہی حیرت انگیز چیز ملی۔۔۔یہ رہی وہ۔"

ہمارا مہمان کمزوری کے ساتھ کھڑا ہو گیا۔ ہومز نے اپنی تجوری کھولی اور جب

ہاتھ باہر نکالا تو ہیرا اس کے ہاتھ پر تھا، جو کہ آنکھوں کو ٹھنڈا اور خوب صورت لگ رہا تھا۔ رائیڈر نے ہیرے کی طرف دیکھا مگر کچھ نہیں بولا۔

ہومز نے اس سے کہا "ہمیں معلوم ہے کہ وہ تم تھے رائیڈر!۔۔۔ بیٹھ جاؤ اور مشروب لے لو، تم بہت کمزور لگ رہے ہو۔"

میں نے رائیڈر کو ایک گلاس مشروب دیا۔ وہ بیٹھ گیا اور آہستہ سے پیتے ہوئے ہومز کو دیکھنے لگا۔ میں نے دیکھا کہ وہ خوف زدہ ہے۔

"تم مجھے زیادہ نہیں بتانا چاہو گے۔ اس معاملے کے بارے میں، میں تقریباً ہر چیز جانتا ہوں۔ مگر میرے پاس صرف ایک دو سوال ہیں پوچھنے کیلئے۔ تم نے بیگم نواب کے نیلے ہیرے کے بارے میں کیسے سنا؟" ہومز نے پوچھا۔

"اس کی ملازمہ کیتھرائن کوسیک نے مجھے بتایا تھا۔" رائیڈر نے جواب دیا۔

"میں سمجھ گیا، تو تم اور کیتھرائین کوسیک ہیرا حاصل کر کے بیچنا چاہتے تھے تاکہ بہت ساری رقم حاصل کر سکو۔ تم نے جان ہارنر سے کہا کہ وہ آئے اور کھڑکی کی مرمت کرے کیونکہ تم اس کی پچھلی قید سے واقف تھے۔ جب وہ چلا گیا تو تم نے بیگم نواب کے زیورات کے ڈبے سے ہیرا اٹھا لیا۔ پھر تم نے پولیس بلالی۔ وہ ایک بار پہلے بھی آچکے تھے۔ چونکہ ہارنر نے قید میں وقت گزارا تھا اسی لئے ان کو یقین تھا کہ ہارنر چور ہے۔ یہ سب کچھ کرنا بہت آسان تھا۔ پھر۔۔۔۔۔۔"

"اوہ، مہربانی کیجئے! مہربانی کیجئے! میرے والد کے بارے میں سوچئے!۔۔۔ میری والدہ کے بارے میں سوچئے!۔۔۔ میں نے اس سے پہلے کوئی غلط کام نہیں کیا، اور میں آئندہ بھی ایسی کوئی غلطی نہیں کروں گا۔ مہربانی کر کے

پولیس کو مت بتائیے۔ میں نہیں چاہتا کہ میں قید میں جاؤں۔" رائیڈر نے فریاد کرتے ہوئے ہومز کے پاؤں پکڑ لئے۔

"اپنی کرسی پر بیٹھو!۔۔۔اب تم فریاد کر رہے ہو، مگر نوجوان ہارنر کے بارے میں تمہیں ذرا سی بھی شرم آئی؟ جو اس جرم کے بارے میں جانتا تک نہیں مگر پولیس کو یقین ہے کہ وہی ہیرا چور ہے۔ اور اسی وجہ سے وہ عدالت گیا اور اب قید ہونے جا رہا ہے۔۔۔ اور یہ سب تمہاری وجہ سے ہے۔" ہومز نے سرد مہری سے کہا۔

"میں ملک چھوڑ دوں گا مسٹر ہومز!۔۔۔ پھر جب میں عدالت ہی نہیں جاؤں گا تو ہارنر قید سے آزاد ہو جائے گا۔"

"اس معاملے کو تو ہم بعد میں دیکھ سکتے ہیں۔ مگر فی الحال ہمیں مہربانی کر کے یہ بتاؤ کہ تم نے ہوٹل سے ایک ہنس میں ہیرا کیسے حاصل کیا؟ اور کس طرح ہنس دکان میں پہنچا؟ اور مہربانی کر کے سچ بتانا۔" ہومز نے کہا۔

رائیڈر نے بتانا شروع کیا:

"جب پولیس نے ہارنر کو گرفتار کیا تو میں ہیرا جیب میں لیکر ہوٹل سے نکل گیا۔ میں ہوٹل میں مزید نہیں رکنا چاہتا تھا جبکہ پولیس ہر جگہ تھی اور ہر چیز کو دیکھ رہی تھی۔ چنانچہ میں اپنی بہن کے گھر جنوبی لندن چلا گیا۔ وہ بریکسٹن میں اپنے شوہر مسٹر اوکس ہاٹ کے ساتھ رہتی ہیں۔ میں نے اپنے راستے میں بہت سارے پولیس افسر دیکھے اور جب میں بریکسٹن روڈ پہنچا تو بہت خوف زدہ تھا۔

"کیا معاملہ ہے؟" میری بہن نے پوچھا۔

میں نے اسے ہیرے کی چوری اور ہارنر کی گرفتاری کے بارے میں بتایا۔ پھر میں گھر کے پچھلے باغیچے میں سگریٹ نوشی کیلئے چلا گیا اور سوچنے لگا کہ اب میں اس باغ میں اس ہیرے کا کیا کر سکتا ہوں؟

مجھے اپنا دوست 'موڈسلے' یاد آگیا۔ اس کی شروع کی زندگی بڑی اچھی تھی مگر پھر غلط طرف چلا گیا تھا۔ بالآخر وہ اپنے جرائم کی وجہ سے قیدی بن گیا تھا۔ میں نے سوچا 'شاید وہ ہیرے کی فروخت کے بارے میں جانتا ہو۔' چنانچہ میں نے شمالی لندن کے علاقے 'کلبرن' میں واقع اس کے گھر جانے کا فیصلہ کر لیا۔

مگر میں نے سوچا کہ "میں کس طرح اس ہیرے کے ساتھ چل کر لندن پار کر سکتا ہوں؟ سڑکوں پر لگی پولیس افسروں کی اس بھیڑ میں ہیرے کو جیب میں رکھ کر تو نہیں لے جا سکتا۔" پھر میں نے باغ میں ٹہلتے ہنسوں کی طرف دیکھا اور کچھ سوچا۔ میں یہ جانتا تھا کہ ان میں سے ایک ہنس میرے عید کے عشائیے کے لئے ہے۔ لہٰذا میں نے فیصلہ کیا کہ اپنا ہنس اسی جگہ اور اسی وقت حاصل کروں اور انتظار نہ کروں۔

میں نے جلدی سے ایک کالی دم والا بڑا سفید ہنس پکڑا۔ پھر میں نے جلدی سے اپنی جیب میں سے ہیرا نکال کر ہنس کے منہ میں ڈال دیا۔ میں نے محسوس کیا کہ ہیرا ہنس کی گردن سے نیچے اتر گیا ہے۔ ہیرا اب ہنس کے اندر تھا اور میں خوش تھا کہ اب میں آسانی سے چل کر کلبرن کو واپس ہو سکتا ہوں۔

اسی لمحے میری بہن باغیچے میں آگئی۔

"تم اس ہنس کے ساتھ کیا کر رہے ہو؟" اس نے کہا۔

میں نے پکڑا ہوا ہنس چھوڑ دیا اور وہ دوسرے ہنسوں کے ساتھ بھاگ گیا۔ میں نے کہا" میں عید کے لئے یہی ہنس لینا چاہتا ہوں۔"

"بہت اچھا، اسے پکڑو، ذبح کرو اور اپنے ساتھ لے جاؤ۔" وہ بولی۔

بس مسٹر ہومز، میں نے پرندہ پکڑا، ذبح کیا اور اپنے ساتھ کلبرن لے گیا۔ وہاں میں نے اپنے دوست موڈسلے کو ہیرے کے بارے میں سب کچھ بتایا تو وہ ہنسا اور خوب ہنسا۔ ہم نے چھری لے کر ہنس کو چیر دیا مگر ہمیں ہیرا نہیں ملا۔ میں سمجھ گیا کہ کچھ غلط ہو گیا ہے۔ میں نے ہنس موڈسلے کے پاس ہی چھوڑا اور بہن کے گھر کی طرف دوڑا۔ وہاں پہنچ کر سیدھا پچھلے باغیچے میں گیا مگر وہاں کوئی ہنس نہیں تھا۔

"میگی! کہاں گئے یہ سب؟" میں نے پوچھا۔

"کوونٹ گارڈن میں مسٹر بریکن رج کی دکان پر۔"

"یہاں دو کالی دم والے پرندے تھے۔" میں نے پوچھا۔

"ہاں تھے تو سہی جیمز۔ اور میری نظر میں تو ان دونوں میں کوئی ایک بھی فرق نہیں تھا۔" وہ بولی۔

میں ساری بات سمجھ گیا تھا کہ ہیرا کالی دم والے دوسرے ہنس کے اندر رہے اور وہ ہنس اب بریکن رج کی دکان میں ہے۔ میں ایک مرتبہ پھر کوونٹ گارڈن میں بریکن رج کی دکان کی طرف بھاگا مگر ہنس اب اس کی دکان میں نہیں تھے۔ میں نے جب اس سے ان کے بارے میں پوچھا تو اس نے بتایا کہ "میں نے وہ سارے ایک ہی بار میں فروخت کر دیئے ہیں۔"

"مگر تم مجھے یہ لازمی بتاؤ کہ اب وہ کہاں ہیں؟" میں نے اس سے بار بار پوچھا مگر اس نے مجھے نہیں بتایا۔ آپ نے اور ڈاکٹر واٹسن نے آج رات کے پہلے حصے میں اسے سنا ہی تھا۔ مسٹر ہومز! اس نے میرے کسی سوال کا کوئی جواب نہیں دیا۔

اب میری بہن کیا سوچے گی کہ میں ایک خطرناک بھائی ہوں۔ میں ایک چور ہوں اور میں اپنی ساری نیک نامی گنوانے جارہا ہوں۔ اور اس سب کے بعد بھی میں اپنے جرم سے کوئی رقم حاصل نہیں کر پایا۔ آہ۔۔۔ اب آپ میرے ساتھ کیا کرنے جارہے ہیں؟"

وہ اپنا چہرہ دونوں ہاتھوں میں چھپا کر رونے لگا۔

ہومز نے کوئی لمبی چوڑی بات نہیں کی۔ آخر میں اس نے اٹھ کر دروازہ کھولا۔

"نکل جاؤ۔" اس نے کہا۔

"اوہ۔۔۔ شکریہ! بہت شکریہ جناب۔" رائیڈر نے کہا۔

"خاموش ہو جاؤ اور نکل جاؤ۔" ہومز نے دوبارہ کہا۔ اس کے ساتھ ہی رائیڈر دروازے کی طرف دوڑا۔ سیڑھیاں اترا اور سڑک پر دور ہوتا چلا گیا۔

ہومز بولا "اس سب کچھ کے بعد واٹسن! یہ میری ذمہ داری نہیں ہے کہ میں پولیس کے لئے اُن کا کام کروں، جبکہ نوجوان ہارنر کے حق میں بھی سب ٹھیک ہونے جارہا ہے۔ رائیڈر تو اب عدالت جائے گا نہیں۔ اور اس کے بغیر پولیس کے پاس کوئی گواہی نہیں ہے کہ جس کی بنیاد پر وہ کہہ سکے کہ ہارنر چور ہے۔

شاید میں کچھ غلط کرنے جارہا ہوں مگر میں اس پر یقین نہیں رکھتا۔ میرا خیال ہے کہ میں ایک اچھا انسان بننے میں رائیڈر کی مدد کر رہا ہوں۔ ابھی اسے قید میں

بھیجنے کا مطلب یہ ہے کہ آپ اسے ساری زندگی کے لئے چور بنا رہے ہیں۔ جبکہ اس وقت وہ خوف زدہ ہے اور آئندہ وہ کبھی غلط کام نہیں کرے گا۔ ہمیں جرائم کا حل مل گیا ہے اور اس بات سے مجھے خوشی ہوئی ہے۔

اور پھر عید بھی تو ہے۔ اور اس سب کے باوجود میں اس بات پر یقین رکھتا ہوں کہ عید دوسروں کے ساتھ خوش اخلاقی کے ساتھ پیش آنے کا نام ہے۔

اور واٹسن! اب مسز ہڈسن سے کہو کہ ہمارے لئے رات کا کھانا لے آئے۔"

***

منتخب دلچسپ کہانیوں کا ایک اور مجموعہ

کہانیوں کا قافلہ

مرتبہ : سید حیدرآبادی

بین الاقوامی ایڈیشن جلد منظر عام پر آرہا ہے